Inhalt

Heimkehr

Oberlausitz? – Nie gehört. Was soll das denn sein? Ein Land? Ein Gebirge? Eine Gegend?

Der Mann, dynamischer Mittdreißiger, gepflegter Dreitagebart, lässiges Sakko, Markenjeans, sah uns fragend an hinter seinem wuchtigen Eichenholzschreibtisch im noblen Maklerbüro am Kurfürstendamm.

Heimat, erwiderte ich, unsere Heimat ist das, und wir wollen wieder dorthin zurück.

Gert, der bisher interessiert die Häuserangebote studiert hatte, die überall an den Wänden in farbenprächtiger Aufmachung um Käufer warben, fügte ergänzend hinzu, wir dachten, wenn Sie Häuser im Spreewald anbieten, hätten Sie vielleicht auch welche in der Oberlausitz.

Der Makler schüttelte bedauernd den Kopf. Wie gesagt, Oberlausitz kenne ich nicht. Nie gehört. Wo liegt denn das?

Im Osten, gleich hinter Dresden, sagte ich in der Hoffnung, dass er wenigstens davon schon gehört hatte.

Über sein Gesicht glitt ein erhellendes Leuchten. Dresden, wiederholte er, natürlich, Dresden, August der Starke, Sachsens Residenzstadt! – Aber gleich dahinter liegt doch Polen. Er seufzte bedauernd. Tut mir leid, tut mir außerordentlich leid, aber in Polen haben wir keine Häuser im Angebot.

Er erhob sich und wies auf die Fotos im Schaukasten. Nehmen Sie doch ein Haus im Spreewald, eine schönere Gegend gibt's ja gar nicht, und Polen ist doch auch nicht so weit entfernt davon.

Wir schwiegen, beeindruckt und verwirrt von der geografischen Ahnungslosigkeit unseres Gegenübers.

Wir wollen aber in unsere Heimat zurück, beharrte ich.

Wie wär's denn da mit Thüringen, fuhr der Makler unbeirrt fort, Thüringen liegt doch auch ganz in der Nähe.

Er schlug eine Mappe auf und zeigte uns einige Kaufobjekte.

Beste Lage, seit gestern erst im Angebot, warb er mit der beflissenen Umtriebigkeit verkaufstüchtiger Geschäftsleute. Zögern Sie nicht lange, greifen Sie zu, die Häuser gehen hier weg wie warme Semmeln, und preiswert sind sie derzeit auch. Ein wahres Schnäppchen. Aber das kann morgen schon anders sein.

Wir verabschiedeten uns dankend und gingen. Gingen mitten hinein ins pulsierende Leben der Westberliner Geschäfts- und Lebewelt, ins hektische Gewusel kauflustiger Landsleute.

Es war im Jahr nach dem Mauerfall. Die Straßen und Plätze im Westteil der nunmehr vereinten Stadt quollen über vor Menschen. Die meisten kamen aus dem Ostteil der Stadt. Man erkannte es an der Art, wie sie begehrlich vor den Auslagen der großen Kaufhäuser stehen blieben, sich gegenseitig anstießen, auf gewisse Gegenstände wiesen, staunend, lachend, kopfschüttelnd, und dann erlebnishungrig weitergingen. Wir erkannten es auch an der Art, wie sie den Nobelkarossen hinterherstaunten, die den Ku'damm entlangfuhren. Auch wir verhielten uns nicht anders. Auch wir waren beeindruckt von dem Glanz und Glitzer dieser für uns fremden Welt. Aber teilhaben an diesem Großstadtgetriebe wollten wir nicht. Wir wollten zurück in unsere Heimat. Man brauchte uns hier nicht mehr, wir waren abgewickelt. «Abgewickelt», ein Modewort, das alle die betraf, die von einem Tag zum anderen ihre Arbeit, ihre Tätigkeit, ihren Wirkungskreis verloren hatten. Auch wir gehörten dazu, eine unerfreuliche Tatsache, mit der man sich aber, ob man wollte oder nicht, abzufinden hatte. «Aber a jeds Dingk hoat zwee Seiten», wie meine Großmutter gesagt hätte. Einerseits standen wir vor dem beruflichen Aus, andererseits aber vor einem privaten Neubeginn, denn wir waren von nun an frei, frei und unabhängig und konnten tun und lassen, was wir wollten. Und was wir wollten, wussten wir genau. Wir wollten ein neues Leben beginnen ohne Alltagshektik und Terminstress, Autogehupe und Baustellenlärm.

Wir wollten Ruhe und gesunde Luft, Vogelgesang und den Geruch von frischem Heu; wir wollten wieder die Jahreszeiten spüren und die Sonne auf- und untergehen sehen. Wir wollten ein Haus im Grünen, möglichst ein Umgebindehaus, wie es das Haus meiner Großeltern in Weifa gewesen war, das mich eine ganze Kindheit lang tief beeindruckt hat, denn es war ein Haus ganz eigener Art. Ein Haus mit einer Plumpe davor und einer hölzernen Stube mit Fenstern nach drei Himmelsrichtungen hin, durch die man den Lauf der Sonne verfolgen kann. Ein Haus, das man ebenerdig betritt, ebenerdig wie einen Tunnel durchschreiten kann und zur Hintertüre wieder hinausgelangt, wo man sich unversehens in einem Wirtschaftshof mit gackernden Hühnern und herumstreunenden Katzen wiederfindet oder aber auf einer Wiese zwischen weidenden Lämmern und grasenden Ziegen.

Ja, ein solches Haus sollte es sein. Ein Sonnenhaus aus Lehm und Holz gebaut, mit viel Grün und Leben ringsherum.

Ein solches Haus aber gab es erst recht nicht im Angebot der Westberliner Immobilienmakler. Schon die Frage danach löste ungläubiges Kopfschütteln aus. Umgebindehaus? – Nie gehört, was soll denn das sein?

Wir gaben es auf, packten unsere Sachen, sagten Berlin Ade und machten uns selbst auf die Suche. Über Nacht waren auch bei uns im Osten des Landes die Maklerbüros wie Pilze nach einem warmen Regen aus dem Boden geschossen. Überall in den größeren Orten und Städten gab es nun diese Immobilienmakler, die zwar nicht so komfortabel eingerichtet waren wie ihre Westberliner Kollegen, die aber im Unterschied zu ihnen wussten, dass unser Land nicht hinter Dresden zu Ende war und die zu unserer Freude auch Umgebindehäuser im Angebot hatten.

Die Wortschöpfung «Schnäppchen» jedoch, ein bis zur Wiedervereinigung unbekannter Begriff für uns, war auch ihnen geläufig. Da hätten wir gerade noch ein paar Schnäppchen im Angebot, pries uns die eifrige Maklerin drei sanierungsbedürftige Umgebindehäuser an.

Das eine stand in Ebersbach, nicht weit entfernt von unseren beiden Heimatorten, etwas abseits der Hauptstraße auf einer Anhöhe, zu der nur ein steiniger Pfad hinaufführte. Für unser Auto ein Problem, denn hinauffahren ging nicht und unten abparken ging auch nicht, da die Straße keine Parkmöglichkeit hatte. Mir aber gefiel dieses Haus von der ersten Besichtigung an, auch wenn es morsche Fenster und feuchte Wände hatte, denn es besaß etwas, was eine Seltenheit in einem Umgebindehaus ist und in anderen Häusern erst recht; es besaß eine Quelle tief unten im gewölbeartigen Keller. Wie in ein Verlies stieg man auf steilen Granitstufen hinab ins Innere des Berges, auf dem das Haus erbaut war. Ganz unten, umgeben von Felsgestein, plätscherte eine Quelle, sammelte sich in einem Wasserloch, das aussah wie ein klitzekleiner Gebirgssee, den Granitgeröll wie steinerne Bänke umrandete. Ein idealer Raum, um bei Kerzenschein mit Freunden zu klönen, den Enkeln Geschichten von Nixen und Wassermännern vorzulesen und sich bei guter Musik und einem guten Tropfen Wein zu entspannen. In Gedanken richtete ich mir diese Grotte schon wohnlich ein. Oh, was für originelle Feste würden wir hier feiern.

Vergiss es, sagte Gert und nahm mir mit diesen zwei Worten die Vorfreude auf künftigen Hausbesitz. Nein, er hatte recht, dieses Haus, wenn es auch ein Schnäppchen war, ging nicht, war nicht zu verwirklichen für uns, zu vieles hätte repariert, neu gebaut und geschaffen werden müssen.

Blieben noch Schnäppchen Nummer zwei und drei.

Nummer zwei stand in Weifa, dem Wohnort meiner Großeltern, und war ein stattliches zweigeschossiges Umgebindehaus mit einem für diese Gegend häufig anzutreffenden Vorhäusl, durch das man ins Hausinnere gelangt. Es war ein großes, geräumiges Haus mit einer ebenso geräumigen Blockstube und einem Boden, auf dem man hätte Fußball spielen können. Es war ein Haus für eine Großfamilie mit sieben Kindern und mehr. Für uns zu gewaltig, zu aufwendig, zu unübersichtlich. Wer sollte all diese Räumlichkeiten bewohnen? Wer die vielen Fenster putzen? Dennoch, ich hatte mich in dieses Haus und in diesen Ort verguckt, nicht nur, weil meine Vorfahren hier daheim gewesen waren, sondern weil auch dieses Haus wie schon das vorherige etwas hatte, was nur noch selten anzutreffen ist, es hatte einen aus Stein gemauerten Backofen unmittelbar am Hause. Dieser Backofen hatte es mir angetan. Wie es schien, ging er auch noch. Ich sah mich schon im Geiste Brote backen, Würste grillen, Sommerfeste ausrichten. Einen kleinen Kräutergarten würde ich anlegen, der mir die Gewürze dazu lieferte. Den ganzen Ort wollte ich zum Feiern bei uns einladen. Oh, was für Feste würde es um den Backofen herum geben.

Wo du doch so gerne kochst und bäckst, sagte Gert spöttelnd. Was hast du schon für köstliche Brote gebacken, jedes Wochenende in Berlin und auf der Datsche draußen. Du konntest gar nicht genug davon kriegen.

Du hast recht, sagte ich, vergiss es. Das Haus ist viel zu groß für uns und das Gärtchen zum Feiern viel zu klein, und Brot backen kann ich auch nicht.

Blieb nur noch Schnäppchen Nummer drei.

Wir fanden es zwischen Hochkirch und Cunewalde, ein ländliches Anwesen mit Scheune, Schuppen, Stall und Taubenschlag, unmittelbar an der Dorfstraße gelegen und trotzdem idyllisch anmutend durch den von Mauerwerk umgebenen Innenhof. Ein Dreiseithof, wie es im Maklerangebot hieß. Das dazu gehörende Umgebindehaus war zwar nicht viel kleiner als das Weifaer Haus, hatte aber im Gegensatz zu ihm nicht so viele Kämmerchen und Abstellräume im Obergeschoss und auch nicht so viele Fenster, die geputzt werden wollten. Was mir aber an diesem Anwesen besonders gut gefiel, war der Hof. Er erinnerte mich an die Bauernhöfe meiner Kindheit, Höfe mit schnatternden Gänsen, an der Kette liegenden Hofhunden, gurrenden Tauben und herumstromernden Katzen, erinnerte mich an ein Stück vergangenen Lebens, an Versteckspiele auf dem Futterboden und an Kindergeburtstage unter der Hoflinde.

Eine Linde gab es hier zwar nicht, aber die würde ich pflanzen, und ein paar Ziegen würde ich halten, weiße und braune, wie wir sie daheim gehabt hatten, und Gert würde staunen, dass ich sie auch melken kann. Ein Hund, der den Hof bewachen würde, gehörte natürlich auch dazu, aber nicht an der Kette. Und Katzen sowieso. Katzen passen überall hin. Vor allem auf so einen schönen alten Bauernhof. Und ein Hängebauchschwein wäre die Krönung von allem.

Und wer soll das alles bewirtschaften, fragte Gert unerbittlich. So ein Anwesen will instand gehalten werden. Wir sind nicht mehr die Jüngsten.

Du hast recht, sagte ich, wir sind zu alt dafür, vergiss es! Wir wandten uns bedauernd ab und gingen. Aus der Traum vom Bauernleben im Dreiseithof, aus auch die Träume von hauseigenen Backofenbroten und Grottenfesten im Felsenkeller. Alle Häuser, die uns angeboten wurden, waren entweder zu groß, zu klein, zu baufällig, zu unwegsam oder zu weit entfernt von unseren Heimatorten.

Ich glaube, ein Haus, das zu uns passt, finden wir nie, meinte Gert entsagungsvoll.

Das Haus, das wir dann doch noch fanden, war kein Maklerhaus und auch kein Schnäppchenhaus. Es war ein Zufallshaus. Zufällig waren die alten Hausbesitzer gestorben, zufällig kannten wir den Erben, der das Haus nicht haben wollte, und zufällig wollte auch sein Sohn, den es nach Bayern verschlagen hatte, die «aale Bude» nicht. Ein Glücksfall für uns. Es war, als hätte das Haus nur auf uns gewartet, denn es war wie geschaffen für uns und wir für dieses Haus.

Nun leben wir schon mehr als zwanzig Jahre hier in diesem Ort und in diesem Haus an der Spree. Es ist weder zu groß noch zu klein, weder zu baufällig noch zu entlegen für uns. Es ist ein kleines einstöckiges Umgebindehaus mit einer Wiese ringsherum bis an den Damm der Spree. Ein Haus mit Seltenheitswert, einzigartig und originell, denn wo sonst gibt es schon ein Wohngrundstück, durch das die Spree hindurchfließt und es in zwei Hälften teilt. Am linken Ufer der Spree das Haus mit einer hölzernen Plumpe davor und einer Maiblumenwiese, die sich bis zu einem Erlenwäldchen hin erstreckt, und am rechten Ufer eine bis zur Dorfstraße reichende Streuobstwiese. Wir sind also seit Erwerb des Hauses stolze Besitzer von hundert Metern Spree, was sogar im Grundbuch ausgewiesen ist. Wenn wir auf unsere Streuobstwiese wollen, müssen wir den Fluss durchqueren oder den Umweg über die Spreebrücke in Kauf nehmen, die unser Grundstück im Westen begrenzt. Eine Einmaligkeit, die wir der Spreeregulierung zu verdanken haben, die in der ersten Hälfte des zwanzigsten Jahrhunderts hier durchgeführt wurde. Weil sich der damalige Hausbesitzer weigerte, sein Land für die angebotene Entschädigung herzugeben, wurde die Spree zwangsweise durch sein Grundstück geleitet. Er aber blieb weiterhin Besitzer von Grund und Boden und somit auch unfreiwilliger Besitzer von hundert Metern Spree. Jeder, der uns zum ersten Male besuchen kommt, wird auf diese Besonderheit hingewiesen. Doch es gibt noch eine weitere Besonderheit, die vor allem mich erfreut, denn das Haus steht an der Grenze zu meinen Kindheitsorten. Nördlich von hier, hinterm Grahberg, befindet sich das Haus, in dem ich geboren wurde und meine ersten Lebensjahre verbracht habe. Läge der Berg nicht dazwischen, könnte ich es sehen. Und nur zwei Kilometer östlich von hier steht im Nachbarort mein Kindheitshaus. Sogar der Kindheitsort meiner Großmutter, westlich von hier, ist nicht weit entfernt. Ich kann ihn bequem zu Fuß erreichen. Es ist ein gutes Gefühl, wieder daheim angekommen zu sein. Wenn ich durch meine Kindheitsorte gehe, so ist es, als läse ich in einem alten Buch, das ich vor langer Zeit besessen und irgendwann verloren habe. Nun ist es mir wieder zugefallen und mit ihm die alten, längst vergessenen Geschichten.

Manchmal machen wir uns auf und besuchen die Häuser, die wir hätten haben können. Als wären wir verantwortlich für ihr Wohl und Wehe, sorgen wir uns um sie wie um Waisenkinder, die wir nicht angenommen haben. Nun möchten wir wissen, ob sie in guter Obhut sind. Wir fahren alle Orte ab, in denen uns diese Häuser angeboten wurden. Manche haben kein Glück gehabt, kümmern dahin, verwahrlosen oder werden von ihrem Besitzer lieblos behandelt wie das bäuerliche Anwesen hinter Löbau mit dem zweigeschossigen Umgebindehaus und der prächtigen Linde davor, die es mir angetan hatte. Nun dämmert es dahin, ist von Schutt und Unrat umgeben, und seine jetzigen Bewohner tun nichts, um seinen Verfall aufzuhalten. Mit uns wäre ihm das nicht passiert. Und im Stillen bitte ich das Haus um Vergebung, dass wir es nicht genommen haben.

Mehr Glück hatten jene Häuser, die ich mir in Gedanken schon eingerichtet hatte, das Grottenhaus, das Backofenhaus und das Bauernhaus. Alle drei sind in liebevolle Hände geraten, haben ein gepflegtes Äußeres, Blumen vor den Fenstern und vorm Hauseingang und machen rundum einen freundlichen Eindruck. Ob es aber die Quelle im Grottenhaus noch gibt, ob im Backofenhaus wieder Brote gebacken werden und der Dreiseithof wieder bewirtschaftet wird, wissen wir nicht. Wir bleiben nur kurz vor den Häusern stehen und werfen einen scheuen Blick über den Gartenzaun. Es genügt uns zu sehen, dass es den Häusern gut geht.

Wenn wir dann von unserer Tour zurückkommen und von Weitem schon das kleine Haus am Ufer der Spree erblicken, weiß ich, dass es von allen Häusern, die wir hätten haben können, das Einzige ist, das wirklich zu uns passt.

Die Besitzungen des Herrn von Klösterlin

«Und somit geht der Besitz des Herrn Eduard von Klösterlin, bestehend aus einer Fläche von dreitausend Quadratmetern Nutzland, bebaut mit einer Gartenlaube und einer Automobilgarage, mit heutigem Tage über in den Besitz des Ehepaares Schulz aus Berlin. Der Verkaufswert beträgt zweitausend Mark der DDR.»

Ich konnte mir ein Lächeln nicht verkneifen. Wir, das unadelige Ehepaar mit dem profanen Namen Schulz, waren von nun an Besitzer feudalen Grund und Bodens. Dies geschehen im Jahr neunzehnhundertsechsundsechzig, mitten im DDR-Alltag.

Wir wohnten damals in einem Berliner Neubauviertel, das sich noch im Aufbau befand. Wohin man auch blickte, nur Baukräne, Betonplatten und tristes Grau. Für uns bodenständige Oberlausitzer ein unerträglicher Zustand. Wir lechzten förmlich nach Grün, nach Blumenduft und Vogelsang. Doch davon keine Spur. Nur eine einsame Pappel vorm Hause, die einsichtige Bauarbeiter aus Gnade hatten stehen lassen. Für uns nicht genug, um hier überleben zu können. Wir brauchten ab und zu einen Atemzug Natur. Und so machten wir uns in den Randgebieten von Berlin auf die Suche nach einem kleinen Stückchen Heimat und wurden schließlich in Falkensee fündig. Es war nicht gerade der nächste Weg dorthin. Wir mussten wegen der Berliner Mauer die Stadt umfahren und brauchten an manchen Wochenenden fast zwei Stunden, um unser

Ziel zu erreichen, aber alles, was näher lag, hatten uns andere Naturhungrige schon weggeschnappt. Und auch dieses Anwesen, das wir nach langem Suchen gefunden hatten, wäre längst weg gewesen, wenn es nicht so viele, kaum zu beseitigende Mängel gehabt hätte. Es lag unmittelbar an der Grenze zu Westberlin und war nur durch einen Stacheldrahtzaun und einer dahinter aufragenden Betonmauer vom Spandauer Forst getrennt. Grenztürme zu beiden Seiten des Grundstücks, von denen ab und zu Warnschüsse abgegeben wurden, machten es noch unattraktiver. Jahrelange Verwahrlosung hatte dieses «adlige» Anwesen nahezu unsichtbar gemacht, denn es war von Wildhecken, Wildkräutern und Wildwuchs jeglicher Art fast zugewachsen.

Wir wären ebenso achtlos daran vorbeigegangen, wenn ich nicht eine alte Frau, die im Nachbargarten Beeren pflückte, nach einem noch freien Wochenendgrundstück gefragt hätte. Verschämt, aber hocherfreut teilte sie uns mit, dass das Grundstück von nebenan noch zu haben sei. Es gehöre ihr zwar nicht, aber sie sei die Verwalterin. Ihr Schwager, Rittmeister von Klösterlin, der ihre Schwester geehelicht und mit ihr als Zugabe auch dieses Grundstück erworben habe, sei vor dem Krieg in Berlin-Spandau Vertreter von General Motors gewesen und habe vorgehabt, hier in Falkensee seine Sommerresidenz zu errichten. Leider sei es dazu nicht mehr gekommen, denn er sei im Zweiten Weltkrieg gefallen und seine Ehefrau, ihre Schwester Luise, sei bereits vor zwanzig Jahren verstorben. Kinder hätten sie keine, und so sei das Grundstück unter ihre Obhut gekommen. Außer einer Wellblechgarage für das Automobil des General Motors-Vertreters und einer Gartenlaube, in der er hin und wieder genächtigt habe, sei nichts auf diesem Grundstück, kein Strom, keine Heizung und leider auch kein Wasseranschluss. Daher würde sie es uns «für'n Appel und'n Ei» überlassen, vorausgesetzt, die noch lebenden Geschwister ihres Schwagers, die sich in der ganzen Welt verstreut befänden, würden dem Verkauf zustimmen. Sie selbst aber wäre heilfroh, endlich in uns einen Käufer gefunden zu haben, denn außer Kosten und Scherereien mit dem Ordnungsamt und dem Abschnittsbevollmächtigten habe sie als alte Frau nichts von dem Grundstück. Am liebsten würde sie es uns kostenlos überlassen, wenn nicht die Westverwandtschaft wäre.

Wir waren überglücklich und bekräftigten unser Einverständnis mit einem freudigen Handschlag. Selbst die danach folgende Besichtigung des Anwesens konnte uns nicht daran hindern, dieses begehrenswerte Objekt zu erwerben. Obwohl wir uns erst einen Weg durch Dornen und Gestrüpp zur Laube und der daran angebauten Wellblechgarage bahnen mussten, waren wir hellauf begeistert. Die Laube war zwar halb verfallen und die Garage löchrig und verrostet, aber wir fühlten uns wie im Paradies. Birken, das Unkraut des Waldes, wie manche diesen lieblichen Baum nennen, hatten sich zu einem kleinen Wäldchen ausgebreitet, und im hinteren Teil des Anwesens erstreckte sich ein weites Feld undefinierbarer Bezeichnung, halb Wiese, halb Hügelland, durchsetzt mit Brombeergestrüpp und verrottetem Baumaterial bis zur Grundstücksgrenze. Der Lattenzaun zu beiden Seiten des Grundstücks war morsch und teilweise schon verfallen, und nur die schmalere Rückseite war geschützt durch Stacheldrahtbarrieren, Mauerwerk und Kupferdrähte, die sich im Gras verbargen und bei versehentlichem Betreten explosionsartige Geräusche von sich gaben, was die Bewacher vom Dienst in sofortige Bereitschaft versetzte. Das alles mag andere Naturfreunde davon abgehalten haben, ihre Freizeit auf diesem Anwesen zu verbringen. Wir aber scherten uns wenig darum, Hauptsache raus aus der Großstadt und zurück zur

Natur. Der kulante Kaufpreis spielte dabei keine unerhebliche Rolle.

Und so saßen wir hoffnungsvoll in Vorfreude auf künftigen Grundbesitz im Bezirksgericht zu Nauen und warteten klopfenden Herzens auf die Urkundenübergabe. Doch um ein Haar wäre alles noch rückgängig gemacht worden, denn ein beflissener Anwalt hatte herausgefunden, dass der Kaufpreis weit unter dem Einheitswert lag, der mit einem Betrag von viertausend Mark ausgewiesen war. Viertausend Mark! Eine immense Summe, die wir nicht hatten und auch nicht aufbringen konnten. Der Rest unseres Ersparten war bereits für Zaunreparaturen und Instandsetzungsarbeiten an der Laube draufgegangen. So sahen wir uns schon mit Wehmut Abschiednehmen vom begehrten Objekt. Und auch die alte Frau jammerte und klagte und beteuerte ein ums andere Mal, dass sie auf den Einheitswert pfeife, Hauptsache, sie sei den Klotz am Bein endlich los.

Doch so einfach ging das nicht, denn es handelte sich hier um ein Grundstück mit Westverwandtschaft, deren Anteil am Verkauf auf ein Sperrkonto kam, das vom Staat verwaltet wurde. Je mehr Geld auf diesem Konto, desto besser für den Staat.

Es ist mir nicht mehr erinnerlich, wer auf die geniale Idee kam, den Einheitswert um den finanziellen Anteil, den wir schon ins Grundstück gesteckt hatten, zu mindern. Für die Zaunreparaturen einschließlich der Beschaffung eines neuen Gartentores sowie neuer Glasscheiben für die Gartenlaube kam ein Betrag von zweitausend Mark zusammen, der vom Einheitswert abgezogen wurde. Ein gewiefter Schachzug. Die alte Frau war glücklich, wir waren glücklich und auch der Notar war glücklich, diese Angelegenheit so zufriedenstellend für alle erledigt zu haben. Nur die Westverwandtschaft war nicht ganz so glücklich.

Wir waren noch nicht lange stolze Besitzer dieses «adligen» Anwesens, als es mir dazu verhalf, eine alte Rivalität zu meinen Gunsten ausgehen zu lassen. So geschehen bei einem Klassentreffen in der alten Heimat.

Auch Püppi aus Bietigheim im Schwabenland war gekommen. Seit unserer Schulzeit hatte ich sie nicht wiedergesehen, und ich wusste nicht, ob sie immer noch so verbiestert bestrebt war, mich zu übertrumpfen. Während der ganzen Schuljahre hatten wir immer versucht, uns gegenseitig auszustechen. Im Sport war sie ebenso gut wie ich, und beim Völkerball standen wir uns meist als Spielführerinnen gegenüber, wo mal die eine, mal die andere das Spiel gewann. Im Wettrennen und Schwimmen aber überrundete ich sie stets, während sie auf dem Schwebebalken besser war als ich. Einmal brachte sie ihre Ballettschuhe mit in den Turnunterricht und blamierte mich vor der ganzen Klasse, weil ich mit meinen ausgefransten Bezugscheinturnschuhen beim Versuch, es ihr nachzumachen, eine lächerliche Figur abgab. Ein andermal wiederum triumphierte ich, weil ich beim Theaterspiel mehr Beifall bekam als sie. Dafür punktete sie mit der Farbe ihrer himmelblauen Augen, während ich nur ein unscheinbares Graublau mit einem Schimmer Grün vorweisen konnte. Ich wiederum übertraf sie mit der Stärke meiner Zöpfe, gegen die sich ihre Rattenschwänze ausnahmen wie kümmerliche Überreste einer Steinzeitmumie. Eines Tages jedoch trennte sie sich von diesen Kümmerlingen und gewann mit ihrem flotten Bubikopf gegen meinen vorzeitlichen Rapunzelzopf.

So ging das eine ganze Schulzeit lang. Immer lagen wir in Konkurrenz miteinander, immer versuchte die eine, die andere auszustechen, immer ging es um Erfolg und Misserfolg, Gewinn und Verlust. Immer war es Püppi, die mich auf eine demütigende Art und Weise herausforderte, und immer ging ich darauf ein und ärgerte mich, wenn ich ihr dann, wie so oft, unterlegen war.

Bei diesem Klassentreffen aber nahm ich mir vor, nicht auf ihr Spiel einzugehen. Wir waren schließlich keine Kinder mehr. Aber dann geschah es doch. Obwohl ich mich die ganze Zeit von ihr ferngehalten und mit meiner Freundin Lore am Nachbartisch Platz genommen hatte, kam ich nicht umhin, die Fotos, die sie von ihrem Anwesen, ihrem Haus und ihrem Schwimmbecken herumgehen ließ, zu begutachten und Worte der Bewunderung dafür zu finden. Ja, sie hatte etwas zuwege gebracht in ihrem Leben, und ich gönnte es ihr von ganzem Herzen, aber es nervte mich über die Maßen, als sie an unseren Tisch kam und mich mit ihrem bezaubernden Lächeln fragte, wo wir denn «in diesem Lande» unser Vermögen deponiert hätten, da wir es ja nicht wie sie in der neutralen und krisenfesten Schweiz hinterlegen könnten.

Ich schwieg, überrumpelt und beschämt. Von einem Vermögen konnte bei uns keine Rede sein. Wir hatten schließlich in den Jahren, da andere schon «anschafften», von Stipendien und elterlichen Zuwendungen gelebt.

Püppi kam mir hilfreich entgegen und sagte, in Schmuck doch sicherlich, nicht wahr?

Ich verneinte kleinlaut. Außer meinem Ehering und einer ererbten goldenen Armbanduhr besaß ich keinen wertvollen Schmuck.

Oder vielleicht in Meißner Porzellan, versuchte sie mir aus der Verlegenheit zu helfen, Porzellan ist immer eine gute Wertanlage.

Ich schüttelte abermals den Kopf. Auch mit Porzellan konnte ich nicht punkten.

Da sprang mir Lore bei und erinnerte mich daran, dass wir doch vor Kurzem erst in Falkensee ein Grundstück erworben hätten.

Ach ja, sagte ich froh und spürte, wie sich in mir die alte Rivalität wieder einstellte, beinahe hätte ich es vergessen, wir haben doch im Nauener Land die Besitzungen des Barons von Klösterlin aufgekauft, ein richtiges Paradies.

Püppi erblasste. Die ganzen Besitzungen?, fragte sie ungläubig.

Die ganzen, erwiderte ich, sie erstrecken sich von Falkensee bis an die Grenze Spandaus einschließlich der Sommerresidenz des Herrn von Klösterlin.

Jetzt war es Püppi, die betroffen schwieg, und als ich noch den Birkenwald erwähnte, der zum Anwesen gehörte, ebenso wie das Nutz- und Weideland, das nur durch einen «hochherrschaftlichen» Zaun vom Spandauer Forst getrennt war, verabschiedete sie sich schnell und sagte, na dann, viel Glück, ich will noch ein bisschen mit den anderen plaudern.

Lore kniff mich in die Seite, jetzt hast du aber dicke aufgetragen, und die glaubt's auch noch.

Du wirst es nicht für möglich halten, erwiderte ich, aber alles stimmt, nichts ist erlogen. Du kannst dich davon gerne überzeugen. Es kommt eben nur auf den Blickwinkel an.

Ein Vierteljahrhundert lang fuhren wir nun in den Sommermonaten an jedem Wochenende hinaus ins «Paradies» und bezogen unsere Datsche, wie diese «Sommerresidenzen» von DDR-Bürgern im Allgemeinen genannt wurden.

Doch dann, nach fünfundzwanzig Jahren, im Jahre einundneunzig saßen wir wieder im Nauener Bezirksgericht und hörten uns mit einem lachenden und einem weinenden Auge den notariellen Kaufvertrag unseres Grundstückes an: «Und somit geht der Grundbesitz des Ehepaares Schulz aus Berlin, bestehend aus dreitausend Quadratmetern Gartenland, bebaut mit einer Sommerlaube und einer

Wellblechgarage, in den nunmehrigen Besitz des Ehepaares Heribert und Heidelind von Meinersen aus Paderborn über.»

Wie damals musste ich lächeln. Der Kreis hatte sich geschlossen, das adlige «von» war wieder ins Grundbuch zurückgekehrt. Die Wiedervereinigung hatte uns zwar das berufliche Aus beschert, aber sie hatte uns auch von einem Tag zum anderen in die glückliche Lage versetzt, uns vom Erlös der «Besitzungen des Herrn von Klösterlin» ein neues Leben in der alten Heimat aufbauen zu können.

Das neue Leben bestand aus einem reparaturbedürftigen Umgebindehaus aus dem siebzehnten Jahrhundert, das sich unmittelbar an der vom Hochwasser gefährdeten Spree befindet, die mitten durchs dreitausend Quadratmeter große Grundstück fließt.

Das neue Leben hatte auch wieder eine Grenze für uns, diesmal ohne Stacheldraht und nicht nach Westen, sondern nach Osten zu Tschechien hin. Das machte das Anwesen einmalig und uns zu stolzen Hausbesitzern.

Fast ein Vierteljahrhundert leben wir nun schon hier, und beim nächsten Klassentreffen, falls Püppi sich wieder nach unserem Vermögen erkundigen sollte, könnte ich mit gutem Gewissen sagen, wir haben in der Heimat ein Haus mit Seltenheitswert erworben, ein antikes, in Kennerkreisen hochgeschätztes Wertobjekt mit dreitausend Quadratmetern Nutz- und Weideland, das sich von unserem Ort bis an die Grenze zu Tschechien hin erstreckt, dazu hundert Meter Spree, die ebenfalls zum Haus gehören und uns viel Freude und noch mehr Abwechslung bereiten.

Und Lore würde wieder sagen, jetzt hast du aber dicke aufgetragen, und ich würde erwidern, alles stimmt, nichts ist erlogen. Es kommt eben immer auf den Blickwinkel an.

Meine drei Heimatorte

Während die meisten nur einen Heimatort haben, kann ich mich damit rühmen, gleich drei davon zu besitzen: Oppach, Neusalza-Spremberg und Taubenheim.

In Oppach steht mein Geburtshaus, in Neusalza mein Kindheitshaus und in Taubenheim mein Altershaus. Alle drei Orte und ihre Bewohner aber unterscheiden sich so grundsätzlich voneinander, dass sie sich nicht vergleichen lassen.

So sind die Neusalzaer die Städter unter ihnen. Sie heben sich nicht nur durch ihre zwei Marktplätze und die städtische Bauweise ihrer Häuser im Ortskern von den Oppachern und Taubenheimern ab. Sie sind auch die Künstler unter ihnen. Sie haben einen Festsaal mit einem kostbaren Flügel, den sie für Konzertveranstaltungen nutzen. Der Flügel ist neu, die Konzerte aber gab es schon zu Zeiten meines Onkels, der Opernsänger war, ebenso wie die Theatertruppe, in der schon mein Großvater den Stülpner Karl gespielt hat. Für einen Ort wie Neusalza-Spremberg wäre das Kultur genug, aber sie lassen es nicht dabei bewenden, sondern haben auch noch ein Museum eingerichtet, wo sie den Besuchern neben Heimatgeschichte Werke hiesiger und fremder Künstler nahebringen. Sie haben zudem einen Maler in ihren Reihen, der die künstlerische Begabung von seinem Vater übernommen hat und mit seinen Bildern weit über den Ort hinaus erfolgreich ist. Dass sie aber auch wieder einen Sänger hervorgebracht haben, beeindruckt mich am meisten, einen Sänger, wie mein Onkel einer war, beliebt, bewundert und verehrt.

Immer wieder wachsen in diesem Ort die Begabungen nach und geben ihm diese Unverwechselbarkeit. Die Vorfahren der Neusalzaer, zumeist Handwerker, Kunstschmiede und Gelehrte, müssen ihre Gene über die Jahrhunderte hinweg weitergegeben haben und mit ihnen auch diesen Drang zu Höherem. Das wird mir jedes Mal bewusst, wenn ich über den Obermarkt gehe und die Ladenüberschriften lese, die vergessen machen sollen, dass man sich in einem kleinen ländlichen Ort befindet. Da gibt es kurioserweise einen City-Coiffeur und einen City-Imbiss, obwohl eine City weit und breit nicht in Sicht ist. Wie viel schlichter und passender wäre doch ein «Frisör am Markt», und eine «Einkehr am Markt» gewesen. Nicht einmal Berlin hat eine «City», sondern einen «Alex» und 'nen «Ku'damm».

Die neueste Errungenschaft der Neusalzaer aber ist der gläserne Anbau an der Giebelseite der Turnhalle, die sie in städtischer Manier «Foyer» nennen. Es würde mich bei ihnen auch nicht wundern, wenn sie eines Tages auf die Idee kämen, das leer stehende Kino in einen Filmpalast umzugestalten, denn sie haben nicht nur Ideen, Einfälle und Schöpferkraft – sie haben auch das, was meine Großmutter «gruße Rousinen» nannte. Sie sind die Denker und Macher und Pläneschmieder. Deshalb würde ich mich immer zuerst an die Neusalzaer wenden, wenn ich für ein ungewöhnliches Vorhaben Rat und Beistand bräuchte.

Von ganz anderem Holz sind dagegen die Taubenheimer; sie sind die Dörfler geblieben. Hier gibt es noch richtige Bauernhöfe mit Misthaufen und Jauchewagen und gackernden Hühnern auf der Dorfstraße und ab und zu sogar noch eine Ziege oder ein Schaf, angepflockt am «Äpplbeeml hinterm Häusl».

Wenn ich durch Taubenheim gehe, kommt es mir vor, als sei die Zeit hier stehengeblieben. Überall Reste von vergangenem Leben. Ein bissel Betulichkeit und Gemütlichkeit haben sich die Taubenheimer aufbewahrt, und es gibt bei ihnen auch noch das «Sommer- oder Gewitterbänkl» vorm Hause, auf dem tatsächlich noch gesessen und geschwatzt wird nach getaner Arbeit.

Hier grüßen einen die Kinder noch auf der Straße, auch wenn sie einen gar nicht kennen. Hier, in Taubenheim, ist alles ein bisschen anders als anderswo. Diese Taubenheimer sind schon ein Völkchen für sich. Man muss sie studieren, um sie zu verstehen. In ihnen steckt noch so viel vom Oberlausitzer Dickschädel, Querdenker, Eigenbrötler. Misstrauisch und zurückhaltend Fremden gegenüber, brauchen sie ihre Zeit, um aufzutauen. Ein wenig altmodisch sind sie, doch pfiffig und voller Mutterwitz. Hier spricht man noch die gute alte Mundart, hier leben noch die Redewendungen und Sprichwörter, die unsere Vorfahren benutzt haben. Hier ist mit den alten Wörtern wieder die Erinnerung an meine Kindheit wach geworden und mit ihnen die Geschichten. Hier, in Taubenheim, konnte ich das «Kindheitshaus» schreiben.

Was ich an den Taubenheimern aber am meisten schätze, ist ihre selbstlose Hilfsbereitschaft. Auch wenn bei uns hinterm Hause die Spree am Heiligen Abend überlaufen würde, wüsste ich, dass sie helfen kämen.

Ihr Urteil über mich, als ich mit meinem Mann aus Berlin nach Taubenheim zog, gipfelte in der Bemerkung einer Ureinwohnerin, die meinte, dass eine, die aus der Stadt komme, ganz anders auszusehen habe, und eine «Schriftstellern» erst recht. «Schunn wie die rimleeft, groade su wie unserees. Und Hutt hoat se o kenn.» – Einen Hut zu tragen, scheint hier das Attribut feiner städtischer Lebensart zu sein.

Die Oppacher hingegen scheren sich nicht so sehr darum, wie einer aussieht oder sich kleidet. Fremdenargwohn und Berührungsängste kennen sie auch nicht. Als sei ich nie von Oppach weggewesen, behandeln sie mich wie ihresgleichen. Es erheitert mich immer, wenn sie mir von Leuten erzählen, die ich überhaupt nicht kenne und auch nie gekannt habe. Sie vergessen, dass ich fünf war, als wir von Oppach nach Neusalza zogen. Sie beharren darauf, dass ich noch wissen müsste, wie der Kaufmannsladen hieß, in den die Mutter mich zum Einkaufen schickte. «Bräuer» allein genügt ihnen nicht, sie erinnern mich daran, dass er «Fischl-Bräuer» hieß.

Sie erzählen mir vom Fuchsdrücker und von Zickel-Biehme, von Äppel-Henke und Schichl-Koarle und wundern sich, wenn ich hilflos mit den Schultern zucke, was sie jedoch nicht daran hindert, unbeirrt weiterzuerzählen, als wüsste ich, von wem die Rede ist.

Aufgeschlossen und wissbegierig, wie sie sind, interessieren sie sich auch für das, was andere ihnen mitzuteilen haben, wissen es dann allerdings besser, haben die originellsten Läden gehabt und die meisten Kneipen und, wie könnte es auch anders sein, die gefürchtetsten Draufgänger weit und breit. Und wehe dem, der es in Abrede stellt.

Im Unterschied zu Neusalza und Taubenheim ist Oppach weder Stadt noch Dorf, sondern eher Vorort, und so sind auch seine Bewohner weder Städter noch Dörfler. Und genauso sprechen sie auch, ein bisschen fein wie Städter und ein bisschen alt wie Dörfler, und so spreche auch ich. Das verbindet.

Dass die Oppacher gut kochen können, gern essen und Wert auf gute Küche legen, ist eine Vermutung von mir, die ich hege, seit ich wieder hier bin. Es muss sich schnell herumgesprochen haben, dass ich weder gut noch gerne koche, schneller als die Tatsache, dass ich aus Oppach stamme. Denn als ich nach fast dreißig Jahren wieder hierher zurückgekehrt bin, hieß es bei den Oppachern nicht, «das ist doch die von der Grahbergstraße, die mal hier gewohnt hat», sondern «das ist doch die aus Berlin, die ne kochen kann».

Dennoch, bei den Oppachern habe ich immer das Gefühl, ich könnte in jedes Haus eintreten und würde willkommen geheißen, auch wenn ich nicht gut kochen kann.

Widu

«Eine Kindheit ohne Hund ist möglich,
aber nicht so schön.»
(frei nach Loriot)

Von dem halben Dutzend Hunden, die meine Kindheit und Jugend begleitet haben, ist es vor allem Widu, an den ich immer noch denke wie an ein liebes Familienmitglied, das ich vor langer Zeit verloren habe. Dabei kannte ich ihn nicht einmal, denn er war bereits sechzehn Jahre alt, als ich geboren wurde und starb schon kurz danach. Mir aber ist es, als habe er mich eine ganze Kindheit lang begleitet. Alle Geschichten, die über ihn erzählt wurden, glaubte ich selbst miterlebt zu haben. Von allen Hunden, die ich je gehabt habe, ist mir Widu der vertrauteste, verständigste und gutmütigste. Noch heute hängt sein Bild in unsrer Wohnstube, mitten unter den Fotos meiner Vorfahren und Ahnen.

Er war außer meiner Mutter das einzige Lebewesen, das bei meiner Ankunft auf der Welt zugegen war, denn es war ein Sonntag, und wie immer an Sonntagen war mein Bruder in Ellersdorf zum Tanz und mein Vater in der Grahbergschenke zum Skat. Die einzige Hebamme im Ort, die Knoblauch Lisbeth, war zu einer schwierigen Entbindung in die Fabrikantenvilla gerufen worden, und so war meine Mutter nur auf Widu angewiesen, der ihr treu zur Seite stand und schließlich, als ich mich allein und ohne fremde Hilfe ins Leben gearbeitet hatte, diese frohe

Kunde durch lautes Gebell der alten Frau Förster von nebenan überbrachte. Die kam auch sogleich herbeigeeilt und kümmerte sich um meine Mutter, während ich von Widu betreut wurde, der mich in seine Obhut nahm und von Stund an nicht mehr von meiner Seite wich. Er soll jedem, der nicht zur Familie gehörte, den Zugang zu mir mit seiner massiven Körperlichkeit verwehrt haben.

Besonders Tante Clara, eine kinderlose Bekannte meiner Mutter, die aus unerforschlichen Gründen wähnte, zur Familie zu gehören und sich anmaßte, meiner Mutter Ratschläge zur Kindererziehung zu erteilen, wurde von Widu durch drohendes Geknurr daran erinnert, dass sie nicht dazu befugt sei und sich demzufolge von meinem Lager fernzuhalten habe. Mit seinem feinen Gespür für gut und nicht gut hatte er eher als unsere Familie erkannt, dass Tante Clara keinen vorteilhaften Einfluss auf meine Erziehung ausüben würde, wohingegen er Schwers Joachim, einem Nachbarsjungen, mit freudigem Schwanzwedeln gestattete, sich mir zu nähern, denn zu Kindern hatte Widu ein ungebrochenes, vertrauensseliges Verhältnis. Kinder liebte und umschwänzelte er. Von ihnen ließ er sich alles gefallen. Sie durften auf ihm reiten, ihn mit Wasser bespritzen und im Sandkasten bis an die Ohren eingraben. Sie durften ihm sogar Bissen aus dem Fressnapf mopsen und Murmeln damit spielen, eine Ungehörigkeit, die sich kein anderer Hund hätte gefallen lassen. Widu aber sah ergeben zu und wartete geduldig auf die Freigabe seiner «Fiedel», wie Großmutter diese mit Quark oder Blutwurst bestrichenen Brotstückchen nannte, die seine Hundenahrung waren.

Heute bekommen Hunde eigens für sie zubereitete Kost aus wertvollen Mineralstoffen, Antioxydanzien zum Schutz der Zellen, Geflügelprotein, tierischem und pflanzlichem Eiweiß, Fischöl, Sojaöl, Traubenkernen und was es sonst noch so gibt an gesundheitsfördernden Stoffen. Doch so alt wie Widu mit Großmutters Fiedeln und der Mehlsuppe am Morgen ist keiner von den Hunden geworden, die wir später mit auserlesener Hundenahrung und Leckerlis gefüttert haben. Vielleicht lag seine durch nichts zu erschütternde Gesundheit und die Beschaffenheit seiner ebenso stabilen Gemütslage an dem Umstand, dass Widu aus einer unreinen Verpaarung stammte, einer Mischung aus Englischem Bullenbeißer und Deutschem Boxer. Großmutter hatte ihn einst für einen transportablen Kachelofen in Zahlung genommen. Da war er gerade acht Wochen alt und ein Fehlwurf, wie es hieß. Zuchtuntauglich und stammbaumlos, waren seine Besitzer froh gewesen, Widu auf so vorteilhafte Weise loszuwerden. Er war zwar, was sein Wesen betraf, eine Seele von Hund, was jedoch sein Äußeres betraf, ein Ungetüm. Schwarz, mit weißem Brustlatz, einem stämmigen, gedrungenen Körper, einem ebenso gedrungenen Schädel mit einem gewaltigen Vorbiss, was zur Folge hatte, dass die unteren Eckzähne wie kleine Säbel aus dem Fang hervorstießen, war er das, was man gemeinhin einen Leuteschreck nennt. Jeder, der vorbeikam und den Hund am Gartentor stehen sah, machte einen weiten Bogen um das Haus oder rief laut nach dem Hausherrn, wenn er etwas von ihm wollte. Da meine Eltern in Oppach, meine Großeltern aber im Nachbarort lebten, pendelte er zwischen diesen zwei Welten hin und her. Mal gefiel es ihm in der ländlichen Stille Oppachs, mal zog es ihn ins Großelternhaus, ins laute, quirlige Leben eines Geschäftshaushaltes. Leute gingen hier täglich ein und aus, bestellten Öfen, bezahlten Rechnungen, schwatzten mit Großmutter und warfen Widu je nach Befindlichkeit freundliche, verängstigte oder unwirsche Blicke zu. Widu schien diese Aufmerksamkeit zu genießen. Ja, es gefiel ihm, wenn Großmutter ihrer

Kundschaft versicherte, «dar tutt nischt, dar sitt ock su aus» und ihm dabei einen Klaps aufs Hinterteil gab.

Die vier Kilometer von Oppach bis ins Großelternhaus trippelte Widu mit sicherem Gespür die Landstraße entlang, die damals noch wenig befahren war und nur hin und wieder von Radfahrern und Pferdefuhrwerken benutzt wurde. Widu muss in seiner Klugheit und Herzensgüte selbst gewusst haben, dass sein Anblick die Straßenbenutzer erschrecken und die Pferde zum Scheuen bringen könnte, und lief daher immer nur den Straßengraben entlang, lautlos und unauffällig wie ein gesuchter Strauchdieb.

Einmal, so wurde erzählt, soll er einen Hausierer mörderisch erschreckt und in die Flucht getrieben haben, der an einem Sonntagnachmittag mit seinem Bauchladen im Großelternhaus erschien und hier seine Ware feilbot. Die ganze Familie, einschließlich Tante Claras, saß im überdachten Hausvorbau, einer Art offener Veranda, und trank hier ihren Sonntagskaffee. Der Hausierer, angelockt vom Kaffeeduft, gesellte sich dazu und bot dreist und aufdringlich seine Ware feil. Doch keiner zeigte Interesse an seinen Tropfenfängern, Kaffeewärmern, Schnürsenkeln und Hutnadeln, von denen er meinte, dass die anwesenden Frauenzimmer mindestens ein Dutzend davon gebrauchen könnten. Tante Clara, die gerade eine Anzeige wegen Gefährdung der Öffentlichkeit durch eine ungesicherte Hutnadel erhalten hatte, hob entsetzt die Arme und rief emphatisch aus, nie wieder kaufe ich diese Totstecher, nie wieder!

Widu, der bisher friedlich zu Füßen meiner Mutter geschlummert hatte, fühlte sich von Tante Claras «nie wieder» aufgerufen, denn er hatte «Widu» verstanden, und im Glauben, es gäbe etwas zu fressen für ihn, kam er schlaftrunken unterm Tisch hervor und postierte sich erwartungsvoll vor dem Bauchladenhändler auf. Der aber, erschrocken über den furchterregenden Anblick, wich entsetzt zurück, verfehlte dabei den obersten Treppenabsatz und stolperte Hals über Kopf die Steinstufen hinab, wobei er den Bauchladen verlor, dessen Inhalt sich über den ganzen langen Hauseingang ergoss, wo sich Zwirnsrollen, Einweckringe, Zuckerküchel, Hosenknöpfe und Tabakspfeifen miteinander vermengten und ein mittleres Chaos anrichteten.

Der mörderische Fluch, den er dabei ausstieß, bereitete unserer Familie noch jahrelang Kopfzerbrechen, weil keiner wusste, wer damit gemeint war, Widu, Tante Clara oder das Haus. Großmutter ließ vorsorglich einen Blitzableiter am Haus anbringen und trat in die Brandkasse ein, denn nach ihrem Dafürhalten konnte nur das Haus gemeint gewesen sein, da das Fluchwort sächlich war. Noch weit in meine Kindheit hinein wurde von diesem Fluch erzählt, immer begleitet von einem leisen Gruseln und der angstvollen Vermutung, der Fluch könne sich eines Tages verwirklichen. Das Fluchwort wurde dabei aus Rücksicht auf mich nie ausgesprochen. Ich war schon erwachsen, als Großmutter mir zum ersten Male den Fluch in seiner ganzen Länge offenbarte. «Du elendes Kuhfotzengerecke, verflucht seist du in alle Ewigkeit, Schwefel und Pest sollen über dich kommen und der Satan soll dich zermalmen.»

Da war dieser Fluch gerade dreißig Jahre alt und hatte noch siebzig Jahre Zeit, sich zu verwirklichen, denn Flüche leben hundert Jahre lang, wie es in alten Schriften heißt.

Noch immer ist die Zeit nicht um, und noch immer gehe ich ab und zu am Ort des Geschehens vorbei und schaue nach, ob alles noch heil und unversehrt ist am einst verwünschten Haus, und ein leiser Schauer läuft mir dabei über den Rücken, wenn ich an den Fluch des Hausierers denke.

Aber es gibt auch Heiteres und Kurioses vom Haus und von Widu zu berichten wie beispielsweise die Geschichte von Großmutters Ferienkind Gottfried, die ebenfalls in die Zeit vor meiner Zeit fällt und mir von Großmutter oft erzählt wurde.

Gottfried war Großmutters Neffe und der Sohn von ihrem jüngsten Bruder Paul, der bei Großvater Geselle war. Immer in den Sommermonaten holte Großmutter den Jungen zu sich in die Ferien. Seit aber auch Widu hin und wieder hier verkehrte, kam Gottfried nur mit Bangen und Zagen ins Großelternhaus, denn er fürchtete sich über die Maßen vor Hunden im Allgemeinen und vor Widu im Besonderen.

Großmutter hatte ihm daher ein paar Regeln erteilt, wie mit Hunden umzugehen sei, wenn man von ihnen nicht belästigt werden wollte: Erste Regel: Niemals wegrennen! Wegrennen ist für scharfe Hunde der Hinweis «Hier ist ein Dieb, halte ihn». Für freundliche Hunde hingegen das Zeichen «Fang mich, ich will mit dir spielen». Zweite Regel: Stehen bleiben und sich still verhalten, wenn ein Hund auf einen zukommt, denn kein Hund greift grundlos an. Dritte Regel: In Demutshaltung gehen und sich flach hinlegen, falls ein missgelaunter Hund tatsächlich mal zubeißen sollte. Er hält sich dann für den Sieger und lässt von seinem Opfer ab. – Weise Ratschläge, wie Großmutter vermeinte. Für Gottfried aber verkehrten sie sich ins Gegenteil, denn obwohl er stehen geblieben war, als Widu auf ihn zugeprescht kam, «knabberte» der Hund an ihm, wie Nachbarskinder Großmutter aufgeregt berichtet hatten.

Unfassbar! Widu, der Brave, Folgsame, Kinderfreundliche hatte sich über Gottfried hergemacht.

Diese unerhörte Begebenheit, die Großmutter bei jeder Familienfeier zum Besten gab, hatte sich nach ihrer

Schilderung in etwa so zugetragen: Es war am letzten Ferientag gewesen. Bruder Paul und seine Frieda waren gekommen, um den Jungen heimzuholen. Großmutter hatte ihm zum Abschied eine Schokoladenbäbe gebacken, denn Gottfried aß für sein Leben gern Süßes, eine Leidenschaft, die er mit Widu teilte, der entgegen allen Hundegepflogenheiten Fleisch verschmähte und Kuchen bevorzugte.

Es war nach der Kaffeezeit. Gottfried hatte sich mit dem letzten Stück Bäbe davongestohlen, denn draußen schien die Sonne, und die Schaukel im Schatten der Linde war Gottfrieds Lieblingsaufenthalt. Man hatte seine Abwesenheit an der Kaffeetafel erst bemerkt, als Nachbarskinder mit Geschrei in die Stube gestürzt gekommen waren und Großmutter jene Schreckensbotschaft von Widus Kampfattacke auf Gottfried überbrachten. Großmutter war Hals über Kopf hinaus in den Garten geeilt, gefolgt von Bruder Paul und Schwägerin Frieda, die aufgeregt nach ihrem Jungen schrie.

Was Großmutter dann von Weitem sah, ließ ihr das Blut in den Adern stocken. Gottfried lehnte mit dem Rücken am Stamm der alten Linde und blickte mit angstgeweiteten Augen Großmutter entgegen, die nicht fassen konnte, was sie sah. Widu, auf den Hinterpfoten stehend, hielt sein Opfer mit den Vorderpfoten, die er auf dessen Schultern gelegt hatte, am Baume fest und fuhr mit seiner bulligen Schnauze immer wieder über das Gesicht des zur Salzsäule erstarrten Jungen, dass es aussah, als wollte er ihn auf der Stelle mit Haut und Haaren verzehren. Doch als Großmutter näher herangekommen war, wandelte sich ihr Entsetzen in erlösende Heiterkeit, denn Widu schleckte sanft und genussvoll den Rest der Schokoladenbäbe von Gottfrieds Gesicht, wobei er freudig mit dem Stummelschwanze wedelte. Als Großmutter den Hund mit einem einzigen Griff von seinem Opfer getrennt hatte, rief

Gottfried seiner Retterin zu, er leckt schon sooo lange, Tante Anna, und ich bin nicht davongerannt.

«'s woar wull doch ne dr beste Roat», sagte Großmutter jedes Mal, wenn sie am Schluss der Geschichte angelangt war. Und doch hatte der Vorfall ein Gutes, denn Gottfried fürchtete sich von Stund an nie mehr vor Hunden und schon gar nicht vor Widu.

Später war ich es dann, die diese Geschichte bei Familienfeiern oft zum Besten gab.

Die berührendste Geschichte aus jener Zeit aber ist die von Widus unglücklicher und unerfüllter Liebe zu Maruschka, Großvaters verwöhnter Katzendame, denn Widu hatte in seiner Ungewöhnlichkeit auch eine für Hunde ungewöhnliche Neigung zu Katzen im Allgemeinen und zu Maruschka im Besonderen. Jedes Mal, wenn er im Großelternhaus auftauchte, suchte er zuerst nach Maruschka, die meist auf Großvaters Korbstuhl thronte und verächtlich auf ihn heruntersah. Kam er ihr gar zu nahe, versetzte sie ihm mit ihren scharfen Krallenpfötchen rechts und links ins arglos entgegengereckte Bullenbeißerantlitz prasselnde Hiebe, die Widu mannhaft entgegennahm, bis Maruschka es über hatte und mit einem eleganten Satz ihr Domizil verließ und das Weite suchte. Widu folgte ihr dann stets, gedemütigt und gemaßregelt, aber treu ergeben. Einmal soll er sogar ihre Naschhaftigkeit mit dem Einsatz seines massigen Körpers gedeckt haben, denn er hatte sich mit ausgestreckten Vorder- und Hinterpfoten vor das Kanapee gelegt, unter dem Maruschka ungestört das für Großvater zubereitete Schnitzel vernaschte. Die Schelte dafür bekam er allein, während Maruschka sich zufrieden und gesättigt davonschlich, stolz und erhobenen Hauptes, ohne ihren Beschützer auch nur eines Blickes zu würdigen. Armer Widu. Was immer er auch tat, wie sehr er seine Auserwählte auch umschwänzelte, es war ihm nie vergönnt, ihre Zuneigung zu gewinnen. Maruschka blieb unnahbar und zanksüchtig. Selbst wenn er sie vor dem Angriff fremder Hunde beschützte, dankte sie es ihm nie. Immer kam Widu von diesem Liebesfeldzug geschlagen, zerkratzt und mit blutenden Lefzen nach Oppach zurück, wo meine Mutter ihn dann liebevoll versorgte und jedes Mal den gut gemeinten Rat gab, von Maruschka abzulassen, da sie nicht die Richtige für ihn sei. Aber Widu war hoffnungslos vernarrt in sie.

Es war an einem glutheißen Hochsommertag, als Maruschka unter die Räder von Hermann-Bauers Erntewagen geriet und auf der Stelle verstarb. Großvater begrub sie unterm Lindenbaum. Widu, den die Sehnsucht nach Maruschka wieder einmal ins Großelternhaus getrieben hatte, suchte vergebens nach ihr. Er durchstöberte alle ihre Lieblingsplätze bis hinauf in Großvaters Schlafkammer, doch von Maruschka keine Spur. Schließlich entdeckte er den frischen Erdhügel unterm Lindenbaum, und mit dem feinen Gespür seiner Boxernase wusste er, dass er seine Liebste gefunden hatte und begann zu scharren. Es half nicht, dass Großvater ihn wegzerrte und eine Steinplatte auf den Hügel legte. Widu blieb davor sitzen, schwarz und stumm und leidend wie ein verlassener, trauernder Bräutigam.

Es dauerte Jahre, bis er wieder eine neue Liebe fand. Und wieder wich er nicht von ihrer Seite, bewachte sie treu und aufopferungsvoll, ließ keinen Fremden an sie heran und winselte, wenn er von ihr weggejagt wurde. Er war schon hochbetagt, als er diese neue Liebe gefunden hatte und starb schon ein halbes Jahr danach. Diese neue Liebe war ich.

Ich habe Widu nie vergessen. Deshalb hängt sein Bild noch heute in unserer Wohnstube, mitten unter den Bildern meiner Vorfahren und Ahnen.

Aufgehobenes

Glück ist ein innerer Reichtum
und kein Geschenk von außen.

Das große Glück, das sind die vielen kleinen
Stäubchen Glück in unserem Leben.

Glück ist die Fähigkeit, das Unglück der anderen
stets für größer zu halten als das eigene.

Das Glück oder Unglück unserer Kinder
macht uns mehr zu schaffen als unser eigenes.

Es gibt Menschen, die sind nicht glücklich,
wenn sie nicht unglücklich sein können.

Das Beste an der Kindheit
ist nicht der Fußboden, von dem man essen,
sondern der Tisch, auf dem man tanzen kann.

Das Mäusehaus

Immer, wenn ich in die Grahbergstraße einbiege, die Straße meiner frühen Kinderjahre, denke ich berührt, dass ich gleich an dem Haus vorbeikomme, in dem ich geboren bin. Ich habe es seit unserem Wegzug von Oppach nicht mehr betreten. Damals war ich fünf. Ein ganzes Menschenleben ist inzwischen vergangen. Erst jetzt, da ich wieder in der Heimat bin, kommt mit meinem Hiersein die Erinnerung an dieses Haus zurück und mit ihr der Wunsch, noch einmal hineinzugehen und nachzusehen, ob noch alles so ist, wie ich es von früher kenne – die kleine Küche mit dem Fenster zu Nachbars Christa rüber und die ebenso kleine Wohnstube mit den beiden Fenstern zur Straße hin, wo ich so oft gesessen habe an öden Sommersonntagnachmittagen und auf meine Freundin, Schwers Katze, gewartet habe, die mir die Zeit vertreiben sollte.

Jetzt wohnen Fremde in diesem Haus. Ich könnte klingeln und fragen, ob ich eintreten darf, aber ich wage es nicht. Ich fürchte mich vor der Enttäuschung. Alles wird anders sein, neu und fremd und nichts mehr so wie damals.

Erinnerungen wie Blitzlichter tauchen auf und vergehen. Der Vater auf dem Kanapee, schnarchend, mit halb offenem Mund, die bernsteinfarbene Zigarettenspitze noch zwischen den Fingern. Die Mutter am Abwaschtisch, den Oberkörper leicht vorgeneigt, eine Melodie leise vor sich hin summend. Es wird der letzte Sommer sein, in dem ich sie so heiter sehe, der letzte Sommer, in dem sie eine bunte Bluse trägt. Ein paar Monate später schon haben wir Krieg, ein paar Monate später schon ist mein Bruder tot. «Geblieben auf See».

Erinnerungen, bruchstückhaft und verschwommen: Der Bruder im Bett, der mich in die Küche nach Streichhölzern schickt, weil er rauchen will. Die Mutter, die mir hinterherruft, sag ihm, er soll nicht so viel rauchen, das schadet der Gesundheit. Der Italiener, der in unserer Dachkammer wohnte und nur backofenfrisches Brot mit Marmelade zum Frühstück wollte, der sich Zeichen in die Wurst ritzte, damit sie ihm keiner wegaß, der bei Siemens arbeitete und bei uns keinen Finger krümmte, weil alles Frauenarbeit sei. Im Winter ließ er sich von meiner Mutter die Kohlen hinauf in sein Kämmerchen schleppen und im Sommer die Badewanne im Garten herrichten. Meine Mutter machte drei Kreuze, als er auszog.

Erinnerungen – Das kleine Fräulein Reichert, das nach ihm kam und die Schulkinder in unserem Ort unterrichtete, ein liebenswertes, freundliches Geschöpf, das mir hin und wieder aus Bilderbüchern vorlas und Anita, meine Schildkrötpuppe, mit Selbstgestricktem einkleidete. Jeden Montagmorgen, wenn sie aus Löbau kam, wo sie noch bei ihren Eltern wohnte, brachte sie uns ein Stück selbst gebackene Bäbe mit. Meine Mutter tat alles, um ihr den Aufenthalt bei uns so angenehm wie möglich zu machen, denn sie war froh, eine so feine, gebildete Person im Hause zu haben, die klug und belesen war und im Gegensatz zum Italiener hilfsbereit und großzügig.

Von allen Erinnerungen, die mich mit diesem Hause verbinden, ist die Erinnerung an dieses kleine Fräulein Reichert die nachhaltigste, vor allem der Tag, an dem ich sie aus unserem Haus vertrieb.

Es war ein Sommertag, kurz vor den großen Ferien. Das Fräulein hatte schon die Koffer gepackt für den langen Feriensommer. Gleich nach dem Unterricht sollte es losgehen. Sie wollte nur noch mit meiner Mutter Kaffee trinken. Der Kaffeetisch war schon festlich eingedeckt und meine Mutter holte die Milch aus dem Keller, die sie zum Frischhalten immer dort aufbewahrte. Nie mehr habe ich später in einem Haus gelebt, in dem es von der Küche aus gleich in den Keller hinabgeht. Oft stieg ich meiner Mutter hinterher, denn im Keller lagerten bis in den Sommer hinein unsere Winteräpfel und Einkellerungskartoffeln, und wenn ich Glück hatte, entdeckte ich dazwischen eine Maus, die ertappt davonhuschte, wenn sie mich kommen sah. Ich mochte Mäuse, ich hatte von meinem Großvater ein Bilderbuch geschenkt bekommen mit einer abenteuerlichen Geschichte von einer Mäusefamilie, die in einem Küchenschrank lebte und dort mit allen Mitteln ums Überleben kämpfte, weil ein alter Kater ständig nach ihr auf der Lauer lag. Ich hätte gern eine Maus zum Spielen gehabt, aber immer, wenn ich glaubte, eine aufgespürt zu haben, war sie lautlos wie ein Schatten davongehuscht. An jenem Tag aber, der zum Schicksalstag in unserem Hause wurde, schlug sie die falsche Richtung ein und sprang die Kellertreppe hinauf in unsere Küche, wo sie unterm Kanapee Zuflucht suchte. Meine Mutter, die der Maus hinterhergestürmt war, riss die Küchentür weit auf, um ihr ins Freie zu verhelfen. Vergebens. Die Maus rührte sich nicht. Sie saß verängstigt und eingeschüchtert unterm Kanapee und sah mich aus kleinen dunklen Perlenaugen furchtsam an.

Meine Mutter gab mir einen Rührlöffel, mit dem ich sie unterm Kanapee hervortreiben sollte. Doch die Maus tat das Gegenteil, sie blieb und machte einen Satz in die Sprungfedern, wo sie sich verkroch. Inzwischen war die Zeit vorgerückt, und das liebe Fräulein Lehrerin konnte jeden Augenblick zur Tür hereintreten.

Es muss an dieser Stelle erwähnt werden, dass das Fräulein Reichert eine geradezu panische Angst vor Mäusen hatte. Gleich bei ihrem Antrittsbesuch hatte sie meiner Mutter ihre unüberwindbare Mäuseangst offenbart, worauf dieser nichts Besseres eingefallen war, als ihr hoch und heilig zu versichern, dass unser Haus bis auf den letzten Winkel mausfrei sei, was in gewisser Weise auch stimmte, wenn man den Keller nicht dazurechnete. Nun aber hatte sich eine Maus vom Keller ins mausfreie Haus verirrt, was tun?

Das Fräulein kam schon durchs Gartentor, und meine Mutter beschwor mich, ja nichts von der Maus zu sagen, die es sich, wie es schien, in den Sprungfedern behaglich gemacht hatte und auch keinerlei Anstalten unternahm, dieses Quartier freiwillig wieder zu verlassen. Was für ein Glück!

Das Fräulein ließ sich am Kaffeetisch nieder, dankte meiner Mutter für das festliche Gedeck und fragte mich wie immer, womit ich mir die Zeit vertrieben habe. Ich schwieg, und meine Mutter antwortete statt meiner und sagte, sie hat mir beim Tischdecken geholfen. Das Fräulein nickte anerkennend und nannte mich ein braves Kind.

Eine ganze Weile verharrte ich noch in Schweigen, dann aber brach es aus mir heraus, und ich sagte, dass wir etwas unterm Kanapee hätten, was da nicht hingehöre, etwas ganz Winziges, Niedliches, etwas, was zwar kein Spielzeug sei, mich aber sehr entzücke.

Das ahnungslose Fräulein begann zu raten, und meine Mutter gab mir hinter ihrem Rücken verzweifelte Zeichen, still zu sein. Nachdem das Fräulein «Häschen», «Kätzchen», «Meerschweinchen» aufgezählt und ich immer nur mit dem Kopf geschüttelt hatte, beendete ich die Raterei mit dem Satz: «Ich sag's dir nicht, ich bin jetzt still ...»

Meine Mutter warf mir einen dankbaren Blick zu und setzte sich wie erlöst zu uns an den Kaffeetisch. Doch dann folgte von mir der alles enthüllende Nachsatz «... weil du dich doch so sehr davor fürchtest.»

Das Fräulein sprang mit einem gellenden Aufschrei vom Kanapee, wobei sie ein ums andere Mal ausrief, eine Maus, o Gott, eine Maus!

Meine Mutter versuchte vergeblich, sie zu beschwichtigen und berief sich auf meine rege Fantasie, die wieder mal mit mir durchgegangen sei. Doch gerade in diesem Augenblick machte sich die Maus durch lautes Geraschel und Gescharre bemerkbar. Das Fräulein stürzte Hals über Kopf aus dem Haus, rannte schreiend durch unseren Garten, verkroch sich in unserer Laube und rief meiner Mutter zu, dass sie das Haus niemals mehr betreten könne, man möge ihre Sachen vor die Haustür stellen.

Das war der tragische Abgang unseres lieben Fräulein Lehrerin, und meine Mutter beklagte noch lange ihren Verlust und konnte nicht verstehen, dass die Anwesenheit einer harmlosen kleinen Maus ein so gebildetes Frauenzimmer derart in Angst und Schrecken zu versetzen vermochte. Und auch ich begriff nicht, wie man vor so einem unschuldigen Wesen Reißaus nehmen konnte.

Noch heute finde ich Mäuse äußerst anmutig und possierlich, und als sich einmal eine im winterlich geschmückten Blumenkasten vor unserem Küchenfenster einquartiert hatte, legte ich ihr jeden Tag ein Stück Käse unter die Tannenzweige. Hinter den Fensterscheiben konnte ich sie unentdeckt beobachten. Ein kleines Wunder. Diese winzigen Hände, Puppenstubenpüppchenhände, hautfarben und zart, zwischen denen sie das Käsestückchen hielt, daran knabberte, es fallen ließ und wieder danach griff mit ihren Puppenstubenpüppchenfingerchen, ein Meisterwerk der Natur. Ihre dunklen Knopfaugen, glänzend wie die

Perlen auf Glaskopfstecknadeln, sahen mich lauernd an, ohne mich wahrzunehmen hinter meiner Fensterscheibe. Bis ins Frühjahr hinein holte sie sich bei mir täglich ihre Käseration, dann verschwand sie, und ich sah sie nie wieder, so oft ich auch im Garten nach ihr Ausschau hielt. Im nächsten Winter legte ich vergebens meine Käsescheiben aus. Vorbei. Aber einmal war es mir vergönnt gewesen, ein kleines Wunderwerk der Schöpfung ganz aus nächster Nähe und ganz für mich alleine zu haben.

Daran denke ich, als ich heute wieder einmal in die Grahbergstraße einbiege. Kurz entschlossen betrete ich das Haus meiner Kinderjahre, das «Mäusehaus», wie ich es nenne. Doch das sage ich den Leuten nicht, die es jetzt bewohnen. Sie könnten Anstoß daran nehmen. Wer möchte schon in einem Hause leben, wo sich Mäuse aus dem Keller unters Kanapee flüchten. Vielleicht aber gibt es den Keller gar nicht mehr. Schon als ich den Hausflur überquere, merke ich, dass sich hier vieles verändert hat. Der Flur ist erweitert worden und ein Anbau hat die Küchenseite vergrößert. Es gibt jetzt kein Fenster mehr an dieser Front mit Blick zu Nachbars Christa hin. Ich finde durch den Umbau auch nicht gleich den Aufgang zu den oberen Räumen, wo sich neben dem elterlichen Schlafzimmer das Logiszimmer des kleinen Fräulein Reichert befand und gleich am Ende der Treppe die Kammer meines Bruders.

Die Frau des Hauses führt mich zunächst in die Küche, und als habe sie mein Kommen längst erwartet, sagt sie, schön, dass Sie uns mal besuchen, ich weiß, dass Sie hier geboren sind. Ich nicke. Auf dem Kanapee, erwidere ich und weise zur Abwaschspüle hin, die sich jetzt an diesem Ort befindet.

Was für eine moderne Küche, denke ich, alles vom Feinsten, geschmackvoll und gediegen. Ausgeschlossen, dass sich eine Maus hierher verirren könnte. Ich stelle mir vor, wie die Frau des Hauses kreischen würde, liefe ihr so ein Tier über den Weg, ganz zu schweigen von dem Mäusedreck, den es verursacht. Nein, eine Maus hat hier nichts zu suchen. Aber noch immer gibt es die Tür zum Keller hinab, stelle ich mit Erstaunen fest. Noch immer holt die Frau wie meine Mutter ihr Eingewecktes von dort. Sie steigt auch jetzt in den Keller hinab, um ein paar Äpfel hochzuholen, vom alten Apfelbaum hinterm Haus, der immer noch trägt, wie sie mir versichert.

Als sie wieder heraufkommt, sagt sie, ich glaube, wir haben wieder Mäuse im Keller, hoffentlich ist keine mit hochgehuscht. Sie verirren sich nämlich manchmal in unsere Küche, dann dauert es meist, bis sie den Weg nach draußen finden. Mein fassungsloser Blick verunsichert sie und wie entschuldigend sagt sie, keine Angst, sie tun nichts. Da lache ich laut auf und sage, wie schön, dass sie Wohnrecht bei Ihnen haben.

Auf einmal ist mir das Haus wieder so vertraut wie früher, und als ich mich auf den Heimweg mache, sage ich im Stillen vor mich hin «mein liebes Haus, du bist in guten Händen».

Das Großereignis vom Oppacher Berg

Es war an einem Oktobertag im Jahr achtunddreißig. An diesem ereignisreichen Tag standen alle am Oppacher Berg und erwarteten den, den meine Eltern «Jenen» nannten. Den «Führer» also. Ich auch.

Schon am frühen Morgen war es losgegangen mit dem Trubel. Mein Vater hatte die Fahne nicht gefunden und war mit dem Fahrrad unterwegs, um sich eine auszuleihen, ein schier aussichtsloses Unterfangen, denn jeder, der eine Fahne hatte, brauchte sie an diesem Tage selbst.

Meine Tante Clara hatte sich beim Morgenkaffee den Mund verbrüht und grollte deshalb mit Hugo, ihrem Mann.

Waldemar Wendehals waren die Paradestiefel abhandengekommen und seine Wut darüber konnte man bis auf die Straße hören.

Bei der Wirtin vom «Grünen Baum» hatten die Wehen verfrüht eingesetzt und dem Rätze-Bauer war die beste Sau entlaufen. Genau in Richtung Führer.

Nur ich war unbeschadet geblieben und sah den Dingen gefasst ins Auge. Tante Clara hatte mich schon seit Wochen darauf vorbereitet. Ich sollte einen Spruch aufsagen und dem Führer Blumen überreichen, denn es hatte sich ergeben, dass ich von allen Germanen im Orte am germanischsten aussah, und Tante Clara hatte mir in stolzer Freude eine Berchtesgadener Trachtenjacke gekauft, wie sie selbst eine trug, schwarz mit grüner Abschlusskante und goldenen Kugelknöpfen. Damit war sie mit mir von Haus zu Haus gezogen und hatte sich von aller Welt bestätigen lassen, wie sehr wir zwei einander ähnelten.

Nur meine kluge Tante Eva hatte es nicht bestätigt. Sie fand auch nicht, dass ich germanisch aussähe. Alle Germanen, sagte sie, seien widerborstige Rotschöpfe gewesen, und zum Glück stamme niemand im Dorfe von ihnen ab, sondern vielmehr von den Slawen, und sie holte eine alte Karte hervor und wies uns nach, dass wir alle noch im zehnten Jahrhundert Slawen gewesen seien, wovon besonders Hugos Stammbaum eindeutig Zeugnis ablege. Das verzieh ihr meine Tante Clara nie, und sie überschritt von Stund an nicht mehr Evas Schwelle, so dass sich Tante Eva gezwungen sah, ihre lokalen Tagesnachrichten von nun an über die Zeitungsfrau zu beziehen. Von dort hatte sie auch die schlichte Mitteilung, dass der Führer in Begleitung seines Hundes kommen würde, und sie versäumte nicht, mich darauf hinzuweisen, dass ich auch den Hund gebührend zu begrüßen hätte. Am besten mit einem Zipfel Wurst, empfahl sie mir, aber bringe nichts durcheinander, vorne sitzt er und hinten der Hund.

Nun stand ich also am Oppacher Berg mit meiner Trachtenjacke und wartete. Alle warteten. Tante Clara mit der deutschen Kinderschar und hinter ihr die Pimpfe und die Hitlerjugend und mittendrin ein paar Arbeitsmaiden, die stecken geblieben waren im Jungvolk und von allen Seiten Schubse bekamen. Und uns gegenüber am anderen Straßenrand Onkel Hugo mit der gesamten Knöppelei-Gefolgschaft. Daneben Onkel Philipp und mein Vater mit Tante Frieda als Gefolgschaft.

Es war ein freundlicher Oktobertag, die Sonne schien, als ob noch Sommer wäre, aber die Erde war klamm und kalt und die Wiesen stockig grau. Die Apfelbäume an der Hauptstraße standen knorrig und kahl, nur manchmal hing ein Vogel im Geäst wie eine vergessene Frucht. Überall roch es nach Stiefelwichse und aufgestampfter Erde. Mich fror. Die Kälte kroch mir an den Beinen hoch, und ich fragte voll Ungeduld, ob er bald käme, aber niemand wusste es genau. Am Lichtleitungsmast hing ein Lautsprecher, der gab uns bekannt, welche Orte er eben durchfuhr, doch keiner verstand etwas, weil alles in Gebrüll und Geknatter unterging.

Nur meine Tante Clara klatschte jedes Mal in die Hände und sagte, gleich ist es so weit. Es war ihre größte Stunde. Sie rannte aufgeregt hin und her und hatte ihre Trillerpfeife im Mund. Sie trillerte bis auf die andere Straßenseite hinüber und pfiff sogar Hugo zurück, der im Eifer die Absperrung überschritten hatte. Dann ließ sie die Kinderschar in Reih und Glied antreten und durchzählen. Mich stellte sie allen voran.

Was ihr heute erlebt, sagte sie, ist erst der Anfang! Wir gehen großen Zeiten entgegen und ihr dürft mit Stolz sagen, ihr seid dabei gewesen. An dieser Stelle wischte sie sich eine hehre Träne von der Wange, und auch Pinkerts Jule heulte los über alle Köpfe hinweg und verlangte auszutreten. Aber Tante Clara winkte ab und fuhr fort in ihrer Ansprache. Doch keiner hörte mehr auf sie, alle sahen nur zu Pinkerts Jule hin, wie die nun allein damit fertig würde.

Die ganze Kinderschar geriet durcheinander, und von hinten drängten die Pimpfe nach und gaben die Schubse weiter, die sie von der HJ erhielten. Die Schubse pflanzten sich wie Wellen fort und schlugen hart an meinen Rücken. Das missfiel mir und ich schlug zurück, traf Mechthild Wendehals, die Stille, mitten ins Gesicht, musste mir ihr gellendes Geheul anhören und Tante Claras strengen Verweis und beschloss, nun nicht mehr länger zu warten. Ich hatte es satt, gründlich satt. Mich fror und Hunger hatte ich auch. Es tat mir nur leid, dass ich den Hund nicht mehr sehen konnte, wenn ich ging.

Vorn an der Hauptstraße ließ Tante Clara noch einmal die Kinderschar antreten, und ich machte, dass ich wegkam. Ich war schon bis zum Jungvolk durchgedrungen, da holte sie mich zurück und übergab mich einem in Uniform, der huckte mich auf die Schulter, damit ich nicht wieder verloren ginge.

Ein echtes deutsches Mädel, sagte er zu Tante Clara, markig und blitzsauber.

Das schon, bestätigte Tante Clara, aber diese Familie ist ohne Zucht und Disziplin und immer noch ohne Bekenntnis. Sie neigte sich herüber und zischelte dem Uniformierten etwas ins Ohr.

Ich beugte mich herab, konnte aber nichts verstehen, denn Tante Clara hielt sich beide Hände wie ein Sprachrohr vor den Mund. Das verdross mich und ich bestand darauf, auf der Stelle herabgelassen zu werden, sonst, sagte ich, würde ich alles daheim erzählen.

Tante Clara lächelte verlegen und an ihrem verbiesterten Mund sah ich, wie sie innen auf mich wütete.

Es ging jetzt ein Raunen durch die Menge. Er kam. Und es war keine Zeit mehr, mich herabzulassen. Ein paar ganz Frühe brüllten schon Heil.

Tante Clara pfiff die Kinderschar in Reih und Glied und stimmte ein Lied mit ihr an. Ich brauchte nicht mitzusingen, ich war für Höheres bestimmt. Der in Uniform sprach mir noch einmal den Spruch vor, den ich aufsagen sollte, aber ich hörte gar nicht mehr hin. Ich sah mit den anderen dem Fahrzeug entgegen, das jetzt den Oppacher Berg heraufkam. Sehr langsam, fast kriechend, schob es sich Meter um Meter voran, machte Sprünge auf dem holprigen Pflaster. Verschnaufte. Setzte wieder an. Aufwärts. Knatterte. Zog eine weiße Fahne Qualm hinter sich her. Kam näher und näher … ein kleines, dreirädriges Grünzeugauto. Und drinnen saß Rätze-Bauers Großknecht mit der entlaufenen Sau und fuhr mit ihr heimwärts. Er hatte einen Durchlassschein bei sich, den hielt er zum Fenster hinaus und winkte allen damit zu. Ich winkte mit beiden Händen zurück und schrie ihm den Spruch entgegen.

So sei doch still, sagte der in Uniform, was brüllst du denn so, er ist es doch noch gar nicht.

Aber ich brüllte weiter. Ich wollte endlich den Spruch los sein und es war mir egal, ob es Rätze-Bauers Großknecht mit der Sau oder Jener war, die anderen hatten ja auch schon gebrüllt. Und wie. Tante Clara war ganz rot davon. Nun, da sie ihren Irrtum erkannt hatte, steigerte sich das Rot zu Purpur, und in einem Anflug von Wut und Scham stürzte sie auf mich zu und schlug mir mit dem Handrücken auf den Mund. Wirst du wohl den Rand halten, schrie sie, was sollen denn die Leute von dir denken! Sie gucken schon alle auf dich.

Sie guckten überhaupt nicht auf mich, sie guckten alle wieder den Oppacher Berg hinab, ob er nun endlich aus der Senke auftauchte. Aber er tauchte noch immer nicht auf, und in die brodelnde Stille hinein, da alles nach unten blickte, rief ich meiner Tante Clara zu, dass ich den Hund nun nicht mehr sehen wolle und dass ich auch das Gedicht nicht mehr aufsagen könne, weil meine Lippe blute.

Der in Uniform hob mich mit einem harten Ruck hinab. Es war ihm peinlich, dass er sich so in mir getäuscht hatte, und er ließ seinen Groll darüber an Tante Clara aus und verbot ihr dieses abscheuliche Getriller. Es kann einem ja den ganzen historischen Augenblick vergällen, sagte er, ich bin schon taub auf einem Ohr.

Aber meine Tante Clara trillerte weiter, sie war schon auf beiden Ohren taub. Und als sie die Kinderschar zum einunddreißigsten Male zusammengetrillert hatte, ging ein Aufatmen durch die erschlafften Reihen – er kam. Diesmal wirklich. Unverwechselbar. Er stand im offenen Wagen, die linke Hand an der Windschutzscheibe, die rechte zum Gruß erhoben. Dann ging alles sehr schnell. Ehe wir es uns versahen, war er schon vorbei, es blieb nur etwas Benzingestank zurück. Angehalten hatte er nicht. Gleich hinter der Oppacher Höhe bog er ab von der Reichsstraße und schlug den Fugauer Weg ein – gen Böhmen. Wir sahen nur noch eine Wolke Staub in der Wegbiege, dann war er darin verschwunden.

Tante Clara atmete erlöst auf, sie war froh, dass er nicht angehalten hatte. Wie hätt' ich mich mit dir blamiert, sagte sie. Sie hatte auch zu spät Heil gerufen diesmal. Aus Vorsicht. Nun, da er schon vorüber war, holte sie es nach.

Sie hörte überhaupt nicht mehr auf damit. Die anderen durchbrachen bereits die Absperrungen und holten sich die Blumen zurück, die sie ihm zugeworfen hatten.

Tante Clara aber stand immer noch da und brüllte.

Die Mittagsfrau

Es war in einem meiner Kindheitssommer, da begegnete sie mir, die Mittagsfrau. Ich war fünf oder sechs Jahre alt und glaubte noch an die Leibhaftigkeit dieser Märchen- und Sagengestalten. Sie waren immer um mich, die Zwerge, Elfen, Feen, Wassernixen, saßen an Quellen, bewohnten Höhlen, wandelten als Rübezahl und Pumphut über Land. Ich konnte sie zwar nicht sehen, aber ich glaubte sie zu spüren, wenn ich durch den Garten zu meiner Linde ging, über Hermann-Bauers Wiese lief und das Bächel übersprang, das vom Häntscheberg her die Wiese durchfloss. Überall waren sie zugegen, diese unsichtbaren Wesen, flüsterten in der Linde, murmelten im Bächel, säuselten im Wind. In den Mittagsstunden, wenn der Ort zu ruhen schien, wenn die Kaufmannsläden zumachten bis um drei und die Mütter ihre Kinder zum Mittagsschlaf wareinriefen, dann war ich ganz allein auf der Welt, dann waren diese Wesen meine einzigen Spielgefährten. Vergeblich versuchten meine beiden Mütter, mich zum Mittagsschlaf zu überreden, wie es sich für Kinder in meinem Alter geziemte. Doch all ihre Bitten und guten Worte, ihre Verheißungen, mich dafür zu belohnen, ihre Drohungen schließlich, wenn ich nicht hören wolle, käme die Mittagsfrau und nähme mich mit, trafen bei mir auf taube Ohren. Nein, ich wollte nicht schlafen. Ich hatte das Gefühl, etwas zu verpassen, das Leben zu verschlafen im wahrsten Sinne des Wortes. Ich dachte, es liefe mir davon und ginge ohne mich weiter wie eine Geschichte in meinem Märchenbuch, von der ich ein paar Seiten übersprungen hatte.

Auch die Großmutter schlief nie zur Mittagszeit, hantierte in der Küche herum, machte den Aufwasch, wischte, wiebelte, plättete oder las im Lausitzer Tageblatt. «Schloofen koann'ch an Jenseits no lange genungk,» war ihre Antwort, wenn sie darauf angesprochen wurde.

Meine Mutter hingegen hielt den Mittagsschlaf ein, denn sie stand schon in aller Herrgottsfrühe auf und hatte zur Mittagszeit ihr Tagwerk bereits hinter sich gebracht.

Auch die Adams, die Sutters und die gebildeten Reinholds von nebenan ruhten in der Mittagszeit im Garten oder auf der Terrasse vorm Hause und wollten nicht gestört werde, schon gar nicht von Erbens Fetzel, das mit Trittroller, Holzkreisel oder einem Eisenreifen geräuschvoll die Bahnhofstraße rauf und runter flitzte. Da gewöhnte ich mir dieses lautlose Spielen an, spielte auf der Wiese hinterm Hause mit meinen Blumenkindern Schule oder kletterte auf die Linde am Ende des Gartens. Von hier aus hatte ich einen weiten Blick über Felder und Wiesen hinweg bis zum Häntscheberg und dem an seinem Fuße gelegenen Güterbahnhof. Hier oben war ich Kapitän auf einem großen Schiff, unter mir wogte das Meer, ein goldgelbes Kornfeld so weit das Auge reichte. In der Ferne erhob sich der Häntscheberg wie eine Insel aus dem Gewoge und grüßte mich auf meinem grünen Schiff. Manchmal durchfuhr ein Zug diese Idylle, trennte Kornfeld und Häntschebusch und zog einen schwarzen Strich mitten durch mein Meer. Ich winkte ihm mit meinem Taschentuch hinterher, denn in meinem Spiel war er ein riesiger Ozeandampfer, dem ich mich auf diese Weise zu erkennen gab.

Ich saß auch an jenem schwülheißen Erntesommervormittag hoch oben im Geäst der Linde, als unten die Mittagsfrau an Hermann-Bauers Kornfeld entlangstrich.

Die Schuluhr schlug die zwölfte Stunde, und ich wusste, dass die Mittagsfrau jetzt auf dem Wege war, um alle Sünder ausfindig zu machen, die während der Mittagsstunde die Ruhezeit nicht einhielten und auf dem Feld geblieben waren. Ich kannte die Sagen um diese böse Fee nur allzu gut. Meine beiden Mütter hatten sie mir oft genug vorgelesen. Die Mittagsfrau war ein dämonisches Wesen aus dem Land der Wenden. Sie konnte Mensch und Tier in Stein verwandeln, schnitt den Feldarbeitern, die während der Mittagszeit die Ruhe nicht einhielten, den Kopf ab, erwürgte sie oder hexte ihnen Krankheiten an. Sie trug stets einen Handkorb bei sich, zugedeckt mit einem weißen Tuch, unter dem sie eine Sichel und eine Axt versteckt hielt. Dass sie auch Kinder tötete oder mitnahm, wenn sie draußen spielten, war mir nicht bekannt, dennoch verbarg ich mich tief im Geäst der Linde und hielt den Atem an, als sie unter mir vorüberschritt. Sie trug kein weißes Gewand, wie es in den Büchern beschrieben war, sondern kam diesmal ganz in Schwarz daher, nur das Tuch über dem Handkorb, den sie bei sich trug, war weiß. Ich vermeinte, die Sichel darunter blitzen zu sehen. Sie ging leicht gebückt, das schwarze Kopftuch tief in die Stirn gezogen, weiße Haarsträhnen stießen widerborstig daraus hervor, weiß blitzte auch das Leibel aus der halb offenen Bluse, und der Saum eines weißen Unterrockes war unter dem knöchellangen schwarzen Rock zu sehen. Kein Zweifel, die Mittagsfrau ging über Land. Sie ging gemächlich, verschnaufte hin und wieder, wischte sich den Schweiß aus der Stirn, ging weiter, verließ das Kornfeld, überquerte Hermann-Bauers Wiese und stieg den Damm hinauf zur Straße, die sich zwischen Bahngleise und Hermann-Bauers Felder schob. Ich sah, wie sie am Bahnübergang Halt machte, weil die Schranken langsam runtergingen. Da stieg ich von meiner Linde herab und setzte ihr nach.

Die Neugier hatte mich übermannt, die Neugier zu erfahren, was sie vorhatte an diesem Erntesommervormittag, wen sie aufspüren und Böses antun wollte, diese von allen so gefürchtete Mittagsfrau.

An den Bahnschranken holte ich sie ein und verbarg mich hinterm Gesträuch eines Fliederbusches. Der Zug war längst durch und sie warf einen ungeduldigen Blick zum Schrankenwärterhäuschen hinauf, aber der Schrankenwärter ließ sich nicht blicken, und ich dachte, dass auch er Angst vor ihr hatte. Alles um sie herum schien in tiefen Schlaf versunken; die Kühe auf Hermann-Bauers Wiese lagen träge im Gras und wedelten hin und wieder mit dem Schwanz die Fliegen weg, die Pferde auf der Koppel am Bahndamm standen still und dösten im Schatten eines Birkenwäldchens vor sich hin, und auf der überdachten Rampe des Güterbahnhofs schlummerte eine Katze und räkelte sich im Schlaf. Mittagsstille. Mittagsfrieden überall. Kein Laut. Keine Vogelstimmen. Nur die Mittagsfrau und ich unterwegs.

Langsam öffneten sich die Schranken, langsam und behäbig, als wären auch sie in Schlaf versunken, und ebenso langsam und behäbig schritt die Mittagsfrau hindurch. Ich folgte ihr, immer am Zaun entlang, der Brendlers Steinbetrieb von der Straße abgrenzte. Als sie den Weg zum Häntscheberg hinauf einschlug, wartete ich, bis sie den Wald erreicht hatte, dann rannte ich ihr hinterher. Hinter der Bergkuppe, wo der Wald sich lichtet, wo Wiesen und Felder sich bis ins Sonneberger Tal hinein erstrecken, holte mein Blick sie wieder ein. Ich sah sie am Waldessaum verweilen, sah, wie sie sich schützend die Hände über die Augen hielt, denn die Mittagssonne stand hoch im Süden und blendete mit ihren Strahlen vom Jütelberg her den Berghang aus, der ein einziges lang gestrecktes Kornfeld war. Zwei Männer, hemdsärmlig und barbrüstig, den Kopf mit einem Strohhut bedeckt, mähten am Ende des Feldes mit weit ausholendem Schwung das Korn, und mir stockte der Atem, weil ich glaubte, die Mittagsfrau würde sie wie ich im Sonnengeflirr erkannt haben und sie für ihr frevelhaftes Tun bestrafen. Da ging sie auch schon mit hastigen Schritten übers Feld, schwenkte den Tragkorb und rief den Männern von Weitem etwas zu. Wie aufgeschreckt hielten diese im Mähen inne, warfen die Sensen weg und eilten dem Feldrain zu, wo sie sich der Länge lang ins Gras fallen ließen und dort reglos liegen blieben. Gleich würde die grausame Frau sie mit der Sichel töten. Sie griff schon in den Tragkorb, und ich glaubte, etwas metallisch Blitzendes zu erkennen. Schlotternd vor Angst und Entsetzen rannte ich davon, verkroch mich daheim im Ziegenstall und schlief am warmen Bauch der Ziege ein. Zum ersten Male in meinem Leben machte ich Mittagsschlaf, und reumütig nahm ich mir vor, von nun an immer die Mittagsruhe einzuhalten, um der Rache des bösen Weibes zu entgehen.

Meine beiden Mütter waren hochbeglückt über meinen unerwarteten Gehorsam, konnten sich jedoch keinen Reim darauf machen, was mich so plötzlich dazu veranlasst hatte.

Ihre Freude sollte nur von kurzer Dauer sein. Denn schon am dritten Tage waren alle guten Vorsätze dahin.

Es war wieder zur Mittagszeit, wieder schlug die Schuluhr zwölfmal und wieder wollte ich mich mit der Ziege brav zum Schlaf hinlegen, als sie mir erneut begegnete, die Mittagsfrau. Schwarz und behäbig strich sie an Hermann-Bauers Kornfeld entlang, blieb an unserem Gartenzaun stehen und rief Großmutter etwas zu, die gerade Wäsche auf die Leine hing.

Ich erstarrte vor Schreck, denn gleich würde sie auch ihr etwas Böses antun.

Großmutter aber ging mutig auf sie zu, reichte ihr die Hand übern Zaun und sagte, nu, Pauline, schaffste wieder deinen Männern 's Assn uffs Feld?

Die Frau nickte, wies auf mich und fragte, is das eure Kleene?

Großmutter zog mich zu sich heran und sagte stolz, freilich, meine Enkelin, Pauline.

Die is mir neulich hinterhar gekumm bis nuff zum Häntschebuusch, verkündete das Weib, andre Kinder schloofen im die Zeit.

Sie trat näher an den Zaun heran, nahm das Tuch vom Korb und reichte mir einen Weizenapfel über die Staketen. Ich schrak zurück, denn etwas Metallisches blitzte auf, doch als ich näher hinsah, war es nur eine Thermosflasche.

Der Zauber war dahin. Die Mittagsfrau war nur eine alte Bäuerin, die Pauline hieß und ihren Männern das Mittagessen aufs Feld hinausbrachte. Ich glaube, ich war mehr enttäuscht als erfreut über diese Tatsache. Denn etwas war für mich in dieser Stunde für immer verloren gegangen: mein Glaube an die Leibhaftigkeit dieser Märchen- und Sagengestalten.

Nie mehr hörte ich seitdem die Windhexe heulen im Gezweig der Linde, nie mehr versteckte ich mich, wenn Rübezahl mit einem Bündel Reisig auf dem Rücken die Bahnhofstraße herunterkam, und nie mehr unterhielt ich mich am Wiesenbächel mit der Wassernixe. Die Welt, in der ich bisher gelebt hatte, war von einem Tag zum anderen dahin.

Ein Jahr später trat ich in die Schule ein.

Die erloschenen Läden meiner Kindheit

In meiner Kindheit gab es sie noch, diese kleinen, familiären Tante-Emma-Läden, damals Grünzeugläden, Kramläden, Kolonialwarenläden oder auch Feinkostläden genannt. Es waren oft nur zum Verkauf hergerichtete Wohnstuben, in denen der Eigentümer gemeinsam mit seiner Frau, seinem Sohn oder seiner Tochter hinterm Ladentisch stand und seine Stammkunden noch mit Du ansprach, über jeden eine Geschichte wusste und auch nach Ladenschluss noch für seine Kundschaft da war. Ein Klopfen ans Fenster oder an die Hintertüre genügte, um eingelassen zu werden, wenn man mal etwas vergessen oder unverhofft Besuch bekommen hatte.

Damals, als ich Kind war, gab es in jedem Dorf und in jedem Ort mindestens einen dieser Läden. In meinem Heimatort gab es gleich mehrere. Richter-Claras Kramladen, die Markthalle der Zimmer-Anna, Fiedlers Grünzeugladen, Langes Doppelladen mit Obst und Gemüse auf der rechten, mit Stoffen und Kurzwaren auf der linken Frontseite. Dazu kamen noch etliche Läden im Ober- und im Niederdorf. All diese Händler hatten eines gemeinsam, sie verkauften ihre Lebensmittel aus großen Holzfässern, die im hinteren Teil des Raumes standen und mit Heringen, Sauerkraut, Quark und Butter gefüllt waren. Sie wurden dem Kunden lose, in Pergamentpapier oder in Tüten verpackt, über den Ladentisch gereicht. Bis man nach Hause kam, war das Papier längst durchgeweicht und der

Saft schwamm auf dem Taschengrund. Manche brachten daher für ihren Einkauf einen Krug oder ein «Schnäuzltippl» mit.

In meiner Kindheit wurde noch pfundweise verkauft, ganz nach Wunsch und Eingebung des Kunden. Ein halbes Pfund Quark, ein viertel Pfund Butter, ein ganzes Pfund Sauerkraut waren damals übliche Maßeinheiten. Es gab auch Butter im Stück; wir sagten «Weckl» dazu, weil sie in einem Holznapf, einem sogenannten Wecken, geformt worden war und fantasievolle Gebilde darstellte, Blumen, Sterne, Ranken, Tiere. Wir kauften sie nur zu besonderen Anlässen. Alle Butter aber, ganz gleich ob aus dem Fass oder im Weckl, perlte auf der Oberfläche, so dass es aussah, als weine sie.

«Die Butter weint, weil sie sich schämt, dass die Mutter von der Butter ein Rindvieh ist», wurde mir von den Erwachsenen gern weisgemacht. Dass der Wasserverlust jedoch am hohen Salzgehalt der Butter lag, die in meiner Kindheit noch aus den Bauernwirtschaften der Umgebung stammte, ging mir erst später auf. Damals kamen die meisten Lebensmittel aus der Umgebung, selbst Schnaps stammte aus einer benachbarten Brennerei. Mehrmals in der Woche kamen dicke Landfrauen mit Henkelkörben am Arm und brachten ihre Waren in die Läden, Eier, Butter, Käse, Speck.

Der erste Laden dieser Art, den ich an der Hand meiner Mutter betrat, war der Feinkostladen der Bräuer-Berta in Oppach, von den Einwohnern «Fischl-Bräuers» genannt, denn hier wurden neben Obst und Gemüse, Eiern, Butter, Quark und Konserven auch Heringe, Rollmöpse, Ölsardinen, Kaviar und Lachsfilets angeboten.

Eine Besonderheit aber, die nur dieser Laden und kein anderer für mich bereithielt, war das verlockende Schnullerangebot auf dem Ladentresen. Hier steckten in einem

Stufengestell Schnuller in allen Farben und Ausführungen, rosafarbene und giftgrüne, himmelblaue und zitronengelbe, Schnuller mit rundem und mit länglichem Gummipfropfen, glattem und gerilltem. Für mich jedes Mal aufs Neue eine Verlockung, der ich nicht widerstehen konnte. Vergeblich versuchte meine Mutter, mich auf die wunderbunten «Zuckerküchl» hinzuweisen, die ebenfalls auf dem Ladentisch der Kaufmannsfrau um Kundschaft warben und mich aus hohen Deckelgläsern verführerisch anblinzelten, scheibenförmige Süßigkeiten mit einem Stern oder einem Herz in der Mitte zwischen kleinen dickbauchigen Zuckerstücken in Form von Puppenstubenkissen, gestreiften und karierten, daneben Zuckerhimbeeren, fingerkuppengroß, und bunte Zuckerröllchen mit weißem Kern. Es half nichts, ich blieb bei meiner Lieblingsware, dem «Huttl», wie dieser Kindertröster in unserer Gegend genannt wird. Es verging kein Einkauf, an dem ich nicht mit einem neuen Huttl den Laden verlassen hätte. Und noch eine Besonderheit hatte Fischl-Bräuers Laden für mich, es gab hier Zopfhalter und Schleifen in allen Farben, Mustern und Größen, gestreifte, gepunktete, karierte. Es gab Zopfhalter, die aussahen wie Schmetterlinge oder Libellen, wie Maikäfer oder Sommerwürmel, Tulpenkelche oder Margaritenblüten. Ich kannte keinen anderen Laden, der neben Obst und Gemüse, Zucker, Butter und Eiern auch diese kinderfreundlichen Sachen im Angebot gehabt hätte.

Als ich fünf war, zogen wir von Oppach weg ins Großelternhaus nach Neusalza-Spremberg, doch immer noch, wenn es sich ergab, fuhr meine Mutter mit mir zum Einkauf nach Oppach in Fischl-Bräuers Feinkostladen.

Im neuen Heimatort aber überließ sie Großmutter den gesamten Einkauf. Ich betrat nun an der Hand der Großmutter diese anheimelnden Grünzeugläden, die sie alle der

Reihe nach aufsuchte, immer darauf bedacht, keinen der Händler zu übergehen, denn sie war selber Geschäftsfrau genug, um zu wissen, wie und auf welche Weise man Kundschaft gewann. Sie nannte das «zuwenden». Man musste den Kaufleuten etwas zuwenden, damit sie einem auch etwas zuwendeten. Durch diese taktischen Überlegungen meiner geschäftstüchtigen Großmutter lernte ich alle Grünzeug-, Feinkost-, Kram- und Kolonialwarenläden des Ortes kennen, von den Schönbachs im Oberdorf bis hin zu den Scharfs und Winklers im Niederdorf. Doch keiner dieser Läden hatte zu meinem Bedauern Schnuller im Angebot wie die Fischl-Bräuern. Für Schnuller, Zopfhalter, Schleifen und Haarspangen bot sich Sonntags Mehrzweckladen an, den meine Großmutter mindestens einmal in der Woche aufsuchte, um hier Ata, Imi, Kernseife und alle anfallenden Haushaltswaren einzukaufen. Ata, Imi und Kernseife hätte sie auch bei Fiedlers oder bei Langes bekommen können, aber, wie gesagt, meine Großmutter kaufte kleckerweise ein, Waschpulver bei Sonntags, Obst und Gemüse bei der Zimmer-Anna, Lebensmittel bei Fiedlers und Süßwaren bei der Richter-Clara oder auch bei Langes. Auf diese Weise kam keiner der Händler zu kurz und Großmutter konnte nun ihrerseits auf Kundschaft hoffen.

Waren die meisten Einkäufe meiner Großmutter geschäftsbedingt unter «Pflichteinkäufe» zu verbuchen, so hatte sie auch zwei Lieblingseinkaufsläden, die sie täglich aufsuchte, die Markthalle der Zimmer-Anna und Fiedler-Heiners Grünzeugladen.

Die Markthalle war ein dunkles, fensterloses Gewölbe mit einem großen hölzernen Eingangstor, das meist offen stand und etwas Licht in die Dunkelheit ließ. Es roch nach Ackererde, nach fauliger Süße überreifer Birnen und nach Gewürzen aller Art. Es roch nach Höhle und Tausendundeinernacht. Ich ging gern mit zur Zimmer-Anna, denn sie war großherzig und kinderfreundlich und hatte nichts dagegen, wenn ich von ihren Früchten kostete. Manchmal, wenn gerade keine andere Kundschaft im Laden war, griff die Zimmer-Anna unter den Ladentisch und steckte Großmutter etwas zu, was Großmutter mit «ich find mich ab, Anna» dankend entgegennahm.

In Fiedlers Grünzeugladen gab es diese Zuwendungen nicht. Dafür verwog sich Fiedler-Heiner hin und wieder. Es blieb sein Geheimnis, ob er es aus Schussligkeit oder Großzügigkeit tat. Nutznießer war in jedem Falle meine Großmutter. Und deshalb stand bei ihr auch Fiedlers Grünzeugladen beim Einkauf an erster Stelle.

Wenn wir in diesen Laden gingen, nahm Großmutter immer die große lederne Einkaufstasche mit, zur Zimmer-Anna hingegen nur ein Einkaufsnetz, denn Obst und Gemüse bräuchten Raum und Luft, wie Großmutter mir diese unterschiedliche Handhabung erklärte, und ich nahm lange Zeit an, diese gehäkelten großmaschigen Beutel mit den schmalen Lederhenkeln seien extra dafür erschaffen worden.

Wenn wir Fiedlers Laden betraten, ertönte immer eine Glocke über der Ladentür, die ankündigte, dass Kundschaft im Laden war. Fiedler-Heiner kam dann aus einem Hinterraum geschlürft, lächelte Großmutter schief und freundlich an und fragte, den Oberkörper weit über den Ladentisch gereckt, «was darfs denn heute sein, meine Gute?»

Er trug immer einen blauen Leinenkittel und ging in Filzpantoffeln, die bei jedem Schritt, den er tat, geräuschvoll schlappten. Er war klein und schmächtig, und wenn er etwas aus den Regalen holen musste, benutzte er eine Trittleiter. Seine Frau, die auch mit bediente, war ebenfalls klein und schmächtig, erschien aber in keinem Kittel, sondern immer in einer bunten Durchsteckschürze im Laden. Sie war eine Auswärtige, trug demzufolge keinen Mittelscheitel und auch keinen Gocksch, hatte das Haar modisch kurz geschnitten und über der Stirn zu Röllchen gedreht. Man merkte es auch ihrer Sprechweise an, dass sie keine Einheimische war. Jedem Kunden, der den Laden verließ, rief sie ein «Dankeschään, auf Widdersäähn» hinterher, was besonders uns Kinder überaus erheiterte. Manchmal, wenn wir Spaß haben wollten, holten wir uns bei ihr für fünf Pfennige eine saure Gurke, nur um dieses ausländische «Dankeschään, auf Widdersäähn» zu hören. Mit Großmutter unterhielt sie sich gern und lange. Denn meine Großmutter hatte die seltene Gabe, nicht nur mit Anteilnahme zuzuhören, sondern auch mit Anteilnahme mitzufühlen. Und die Kaufmannsfrau brauchte Mitgefühl. Sie litt unter Kinderlosigkeit. Ihr Kinderwunsch endete immer in einer leidvollen Bauchhöhlenschwangerschaft. Eine Bauchhöhlenschwangerschaft! Für mich ein Wort mit sieben Siegeln. Immer erfuhr ich beim Einkauf in diesem familiären Krämerladen Neues, Niegehörtes, Rätselhaftes aus der Welt der Erwachsenen. Daheim griff ich nach dem vor mir verborgen gehaltenen Doktorbuch und bildete mich weiter.

Wenn die Zeremonie des Begrüßens, Zuhörens und Tröstens, die lange Spanne des Begutachtens und Auswählens der Waren endlich beendet war, ging es ans Verpacken und Bezahlen, und jedes Mal, wenn Fiedler Mehl, Zucker, Gries oder ein anderes Lebensmittel für Großmutter abwog und in braune Tüten füllte, sah er mich blinzelnd an und fragte, ob es eine Spitztüte oder eine Knalltüte sein solle. Und ohne meine Antwort abzuwarten, nahm er eine Knalltüte. Er wusste, was Kindern Spaß macht. Die Knalltüte war im Gegensatz zur Spitztüte viereckig und hatte einen geraden, breiten Boden. Daheim angekommen, gab es kein größeres Vergnügen, als die Tüte zu entleeren und kräftig hineinzublasen. Mit der linken Hand wurde sie dann verschlossen, während die rechte kräftig dagegenschlug, so dass sie mit lautem Knall zerplatzte. Ein Gaudi für alle Knalltütenbläser.

Als ich meinen Enkeln diesen Effekt mit einer Tüte neueren Datums vorführen wollte, klappte es nicht mehr, und meine Enkel zeigten auch kein großes Interesse, es noch einmal vorgeführt zu bekommen. Diese alten, primitiven Kinderfreuden hatten ausgedient.

Ausgedient haben auch die alten Läden meiner Kindheit. Wie Lichter auf einem Fest sind sie nach und nach erloschen. Zuerst der Kramladen der Richter-Clara. Danach irgendwann die Markthalle der Zimmer-Anna. Heute steht eine Garage an ihrer Stelle, immerhin ein erfreulicherer Anblick als die alte, marode Halle mit ihrem windschiefen Flügeltor und der verwaschenen Bretterwand. Und dennoch überfällt mich, wenn ich an diesen gewesenen Läden vorübergehe, die zum Teil zugemauert oder zu Wohnungen umgestaltet wurden, die niedergerissen und zu anderer Nutzung neu entstanden sind, eine leise Wehmut, weil ich etwas verloren habe, was unersetzbar ist.

Wenn ich heute durch die modernen Supermärkte gehe, wo beim Betreten keine Ladenglocke bimmelt und keiner fragt, «was darfs denn heute sein?», wo keiner mir ein «Dankeschään, auf Widdersäähn» hinterherruft, wo alles fein geordnet und verlockend angerichtet ist und die Ware nicht mehr in Knalltüten, sondern in Plastebehältern zum Verkauf angeboten wird, dann kommt es mir vor, als seien seit der Zeit, da ich ein Kind war, Jahrhunderte vergangen.

Pilzmauke oder Die fremde Großmutter

Die fremde Großmutter saß in einem hohen, gepolsterten Lehnstuhl am Fenster und stopfte Socken. Sie war eine hagere, gebieterische Frau mit einer rauen, rasselnden Stimme und immer wässrigen Augen, die den Anschein erweckten, als habe sie gerade geweint. Sie hatte stets einen Stock bei sich, ganz gleich, ob sie saß oder ging oder schlief. Das meerschaumweiße Haar trug sie gescheitelt und im Genick zu einem Gocksch zusammengesteckt. Das Auffallendste an ihr war die lange, gerade Nase, eine Männernase, die Kraft und Durchsetzungsvermögen auszudrücken schien. Sie hob den Kopf, als die Zwillinge mit mir die Stube betraten, und sagte zu ihnen in einem vorwurfsvollen, fordernden Ton, ich dachte, ihr seid in den Pilzen. Und erst da entdeckte sie mich hinter den beiden Mädchen, wies mit dem Stock auf mich und fragte mit dieser rauen, rasselnden Stimme, was will denn das fremde Kind bei uns?

Ich war gerade sieben geworden und zum ersten Male in den Ferien. Es waren die ersten Großen Ferien meines Lebens. Die meisten aus meiner Klasse fuhren zu Verwandten oder Bekannten in die Ferien. Selbst Lore fuhr zu einer Schulfreundin ihrer Mutter nach Dürrhennersdorf. Nur ich hatte niemand, zu dem ich fahren konnte. Da war meinem Vater eine Arbeitskollegin aus Ellersdorf eingefallen, die auch bereit war, mich für eine Woche aufzunehmen. Ihre Zwillingsmädchen Herta und Berta waren nur zwei Jahre älter als ich und boten sich als Spielgefährten an. Ellersdorf, ein Ortsteil von Sohland, lag nur wenige Kilometer von unserem Ort entfernt und war mit dem Fahrrad bequem zu erreichen.

Mein Vater hatte mich hingebracht, schon das allein war ein Abenteuer für mich, denn ich war noch nie über unseren Ort hinaus mit dem Fahrrad unterwegs gewesen. Wir fuhren ein gutes Stück an der Spree entlang, und als wir in Oppach an der roten Mühle vorbeifuhren, schnitt ich die Kurve und stieß mit einem entgegenkommenden Jungen zusammen, der ebenfalls mit dem Rad unterwegs war. Ich blutete an Kopf und Knien, der Junge auch. Mein Vater aber, anstatt mich für meinen Fahrfehler auszuschimpfen, schrie den Jungen an, der besser hätte aufpassen sollen.

Der Junge sah es zu meiner Verwunderung ein, nickte zerknirscht und zog heulend davon. Es war das erste Mal in meinem Leben, dass ich das ungute Gefühl hatte, jemandem sei meinetwegen Unrecht getan worden. Ich habe es nie vergessen.

Noch heute, wenn ich an der roten Mühle vorbeikomme, die nur einen Katzensprung von unserem Haus entfernt ist, fällt mir diese um Lichtjahre zurückliegende Begebenheit ein, und noch heute möchte ich mich bei dem Jungen dafür entschuldigen.

Es war kurz vor Mittag, als wir in Ellersdorf ankamen.

Das Haus, ein kleines einstöckiges Umgebindehaus wie die meisten Häuser der Umgebung, stand idyllisch am Waldesrand. Die Fenster waren so niedrig, dass man sie als Tür hätte benutzen können. Das taten die Zwillinge auch, die mir mit lautem Gejohl aus dem Fenster entgegensprangen. Sie waren so unterschiedlich wie Hund und Katze. Die eine rank und schlank, fast dürr, mit dünnen rotblonden Rattenschwänzen und Sommersprossen, die andere kompakt, bullig, mit plumpen, ungeschickten Bewegungen und vollem dunklen Haar, das kurz und borstig das pausbäckige Gesicht umrahmte. Ich hatte den Eindruck, Max und Moritz stünden mir leibhaftig gegenüber. Und so benahmen sie sich auch.

Gleich zur Begrüßung bespuckten sie mich mit Kirschkernen, hießen mich in den Korb langen, der voller Kirschen auf dem «Sommerbänkl» stand, und geboten mir, es ihnen gleich zu tun. Mein Vater schob sie sanft beiseite und betrat mit mir das Haus. Die Frau, die uns im dunklen Flur empfing, sagte, indem sie mir die Hand reichte, kannst Tante zu mir sagen, und die da ist die Herta, wobei sie auf die Dürre zeigte, die andre ist die Berta.

Ich nickte befangen, noch immer überwältigt von der ungewöhnlichen Begrüßung.

Die Tante ging voran durch den dunklen Flur, führte uns in die Küche, hieß meinen Vater am Küchentisch Platz nehmen und befahl den Zwillingen, mich der Oma vorzustellen. Schon das Wort Oma erzeugte in mir ein Gefühl von Fremdheit und Unbehagen. Ich hatte keine Oma, ich nannte meine Großmutter Mutter und die Weifaer Großmutter Großel. Nun machte ich zum ersten Male in meinem Leben die Bekanntschaft mit einer Oma. Ich wusste in dem Augenblick, als sie mit dem Stock auf mich wies und nach meinem Namen fragte, dass ich ihr aus dem Wege gehen würde, solange ich hier war. Es war nicht die Stimme und es war auch nicht der Stock, der meine Abneigung gegen diese alte Frau hervorrief, es war die Kälte, die von ihr ausging, dieses schroffe Gebaren und die ausschließliche Anteilnahme an sich selbst. In der Kindheit spürt man intensiver als in späteren Jahren, was einem an Wärme oder Kälte oder versteckter Abneigung entgegengebracht wird. Und diese Frau, das spürte ich, war keine warmherzige Großmutter.

Hier, in diesem Umgebindehaus, haben sie gewohnt, die Zwillinge, sage ich zu Gert, der wieder einmal mit mir unterwegs ist, unsere neue alte Heimat zu erkunden.

Seit wir zu unseren Wurzeln zurückgekehrt sind, gibt es kaum einen Ort, über den ich nichts zu erzählen wüsste, sei es eine Familiengeschichte, ein Dorfereignis oder eine Kindheitserinnerung. Heute will ich Gert die Geschichte von den Ellersdorfer Zwillingen und der fremden Großmutter erzählen.

Das Haus, in dem sie gewohnt haben, ist kaum wiederzuerkennen. Das Umgebinde ist an der Frontseite herausgenommen und durch Mauerwerk ersetzt worden. Die Sprossenfenster sind großen, ungeteilten Scheiben gewichen und anstatt der alten Haustür mit dem dreigeteilten Oberlicht begrüßt den Besucher jetzt eine moderne Haustür aus dem Baumarktangebot. Eine Neuerung, die dem Haus nicht gut bekommen ist. Es hat sein Gesicht verloren, seine Ausstrahlung, seine Einmaligkeit.

Eine Frau tritt aus der Tür, wesentlich jünger als ich. Sie könnte die Tochter von einem der Zwillingsmädchen sein oder gar schon die Enkeltochter. Ich gehe auf sie zu und frage sie nach Herta, der Dürren, die ein bisschen freundlicher zu mir war.

Die Frau weiß nichts von einer Herta, sie ist keine Hiesige, verrät sie uns, sie hat hier eingeheiratet und kennt sich in der Geschichte des Hauses nicht aus.

Ein Mann kommt aus dem Schuppen und fragt, wonach wir suchten. Es ist immer noch der alte fensterlose Schuppen mit dem zweiflügligen Schuppentor und dem Katzendurchschlupf am unteren Ende. Ich denke mit leichtem Grausen an den Tag, als die Zwillinge mich dort einsperrten, weil ich die Pilze versteckt hatte, die für die Oma waren. Erst nach einer ganzen Weile, die mir wie eine Ewigkeit vorkam, erbarmte sich die Herta und ließ mich frei. Ich ergriff mein Rad, das im Schuppen untergestellt war, holte die Pilze aus dem Versteck und fuhr davon. Die dicke Berta kam mir mit Gezeter und Geschrei hinterhergerannt, nannte mich eine gemeine Diebin und drohte mir mit der Gendarmerie, wenn ich nicht auf der Stelle die Pilze herausgeben würde. Ich drehte mich nach ihr um und sagte, den Korb kriegt ihr zurück, die Pilze nicht.

Ein Stein prallte ans Schutzblech meines Hinterrades, und ein Fluch folgte, dann Stille, keine Schritte mehr, kein Geschrei. Die dicke Berta hatte die Verfolgung aufgegeben.

Ach die Zwillinge, sagt der Mann und reißt mich aus meinen Erinnerungen, die wohnen schon lange nicht mehr hier. Die sind in den frühen Fünfzigern schon nach drüben gegangen. Mein Vater war ein Cousin von ihnen. Aber die Berta ist früh gestorben und die Herta lebt in einem Pflegeheim. Mehr weiß ich nicht. Was wolln Sie denn von denen?

Nichts, sage ich, ich war nur mal in den Ferien hier.

Das muss aber lange her sein, sagt der Mann.

Sehr lange, erwidere ich. Damals war Krieg, und ich hatte Lebensmittelmarken mit.

Die Marken nahm mir die fremde Großmutter ab und verwahrte sie in einer Blechsparbüchse. Fleisch gibt's erst am Sonntag, sagte sie, in der Woche essen wir Pilze.

Schon am ersten Morgen drückte sie mir einen Spankorb in die Hand und schickte mich mit den Zwillingen in die Pilze. Die wuchsen im nahe gelegenen Wald, den «Kälbersteinen», einem mit Granitgestein durchsetzten Waldgebiet.

Ich ging gern in den Wald. Der Wald war nach dem Badeteich mein liebster Aufenthaltsort. Und ich kannte mich mit Pilzen aus. Ich wusste die Stellen, wo sie zu finden waren, die Steinpilze, Maronen und Rotkappen, die wir «Rutheetl» nannten. Mein Onkel hatte mich in die Geheimnisse des Pilzefindens eingeweiht. Wo's Heidelbeeren gibt, gibt's selten Pilze, wusste ich von ihm. Pilze stehen meist in Schonungen, im Dickicht und in feuchten, von Bächen durchzogenen Waldestälern. Immer, wenn er zu Besuch kam, ging er mit mir in die Pilze.

Die Großmutter bereitete sie dann in der großen gusseisernen Pfanne zu, schnitt Speck und Zwiebeln rein und würzte mit Pfeffer, Salz und Kümmel. Meine Mutter stampfte indessen mit Milch und einer Spitze Butter die Kartoffeln und nannte das «Milchmauke». Für mich ein Festtagsmahl. Nun erwartete mich dasselbe hier. Ich freute mich schon darauf. Pilzmauke war neben «Teichlmauke» mein Lieblingsgericht.

Gleich als wir den Wald erreicht hatten, verkroch ich mich ins Dickicht und hatte meinen Korb schon halb voll, als die Zwillinge noch nicht einmal angefangen hatten, nach Pilzen zu suchen. Sie schienen auch keinen Gefallen daran zu finden, sie tobten lieber wie kleine Wilde umher, bewarfen sich mit Tannenzapfen, kletterten auf Steine und schubsten sich gegenseitig mit Gekreische herab, entdeckten schließlich auf einer Anhöhe eine Felsenhöhle und bauten sich darin aus Moos und Zweigen ein Lager.

Als es Zeit war heimzugehen, bestand ihr ganzer Fund nur aus ein paar kümmerlichen Ziegenlippen, die sie mir in den mit Steinpilzen und Maronen gefüllten Korb warfen, und der Oma, die uns schon voller Ungeduld erwartete, vorlogen, dies sei unser Gemeinschaftsfund.

Ich ärgerte mich über so viel Lügenhaftigkeit, widersprach aber nicht. Ich widersprach auch nicht, als die Oma uns anwies, die Pilze zu putzen und zu schneiden. Sie selbst setzte sich in den Lehnstuhl und sah zu. Kurze Zeit später kam die Tante von der Frühschicht nach Hause, stampfte die Kartoffeln für die Milchmauke und lobte die Zwillinge für ihren außergewöhnlichen Fleiß beim Pilzesammeln. Zu meiner Verärgerung entgegneten die Zwillinge nichts, erwähnten meinen Hauptanteil mit keiner Silbe, kicherten nur vieldeutig, und ich nahm mir vor, das nächste Mal nicht mehr so eifrig zu sein. Als das Essen angerichtet, die Mauke auf die Teller verteilt war und die Pilze, die einen würzigen Geruch nach Wald und Tannennadeln verströmten, mitsamt der Bratpfanne in der Mitte des Tisches standen, kamen die Männer nach Hause, drei an der Zahl. Der Vater, der große Bruder und ein Cousin der Familie, der ebenfalls hier Ferien machte und mit den Männern im Heu gewesen war. Fast gleichzeitig stürzten sie sich auf die Pilze, so dass nur noch ein kleiner Rest übrig blieb, von dem ich annahm, dass er uns zustand. Doch die Tante hatte den Rest für die Oma bestimmt und sagte, an uns gewandt, ihr werdet noch viele Pilze in euerm Leben essen können, die Oma aber nicht.

Die Oma nickte und hielt der Tante ihren Teller hin, und an uns gewandt sagte sie in einem vorwurfsvollen und, wie mir schien, schadenfrohen Ton, wäret ihr zeitiger in die Pilze gegangen, dann hätte es auch für euch gereicht, aber ihr seid ja nicht aus den Federn gekommen.

Die Tante träufelte uns als Ersatz für die entgangene Pilzmahlzeit ein paar ausgelassene Speckgrieben über die trockne Mauke.

Ich protestierte, zog den Teller weg und sagte, von Grieben wird mir schlecht. Ich möchte lieber Pilze.

Die Oma sah von ihrem Teller auf und blickte mich aus ihren wässrigen Augen missbilligend an, während die Tante einen genervten Seufzer von sich gab. Da konnte ich nicht an mich halten und rief der Tante zu, ich hab sie ja auch gefunden und nicht die Oma.

Die Tante rang nach Luft, sah mich strafend an und sagte schließlich, nachdem sie sich von meinem Ausbruch ein wenig erholt hatte, hast du denn überhaupt keine Ehrfurcht vor dem Alter? Du hast doch auch eine Oma.

Ich schüttelte den Kopf. Eine Oma hatte ich nicht, zumindest keine, die ich so nannte.

Hast du deine Großmutter auch Oma genannt?, frage ich Gert. Wie denn sonst, erwidert er, die meisten nennen ihre Großmutter doch so, nur für deine hätte das nicht gepasst.

Nein, für meine Großmutter hätte das nicht gepasst, wiederhole ich, und in meiner Erinnerung sehe ich sie vor mir, ihren erstaunt-erfreuten Blick, als ich am zweiten Ferientag mit dem Fahrrad und den Pilzen im Gepäck schon wieder nach Hause kam. Sie häckelte gerade Unkraut im Garten, und ohne ein Wort der Verwunderung über meine frühe Rückkehr richtete sie sich auf und sagte, 's woar wull nischt.

Ich nickte. Großmutter hatte es wieder einmal auf den Punkt gebracht.

Der zweite Ferientag hatte genauso enttäuschend begonnen wie der erste. Wieder hatte die Oma uns in die Pilze geschickt. Zeitiger diesmal. Wieder hatten die Zwillinge das Pilzesuchen mir überlassen. Als ich den Korb erst halb voll hatte, gab ich es lustlos auf und stahl mich davon. Ich hatte es satt, mich durch Dickicht und Schonungen zu quälen, während die beiden fröhlich und vergnügt im Wald herumkrakeelten und sich mit Heidelbeeren den Bauch vollschlugen.

Die Idee, die Pilze zu verstecken, kam mir erst bei dem Gedanken, dass wieder alles so ablaufen würde wie am Tag zuvor. Wieder würden die Zwillinge sich loben lassen für die Pilze, die sie nicht gesammelt hatten, und wieder würde die gefräßige Oma auf ihrem Anteil beharren.

Ich empfand so etwas wie Schadenfreude, als ich die Pilze mitsamt Körbchen im Kaninchenstall versteckte. Dass ich dafür würde büßen müssen, war mir egal. Mochte die Oma ihre Mauke diesmal mit Speckgrieben anstatt mit Pilzen essen. Für sie hatte ich sie nicht gesammelt.

Ich hab dir was mitgebracht, sagte ich und hielt der Großmutter das Körbchen mit den Pilzen hin. Die sind für dich ganz allein, Mutter. Ich schenk' sie dir.

Die Großmutter verstand nicht oder wollte nicht verstehen oder dachte, sie hätte sich verhört. Woas schenkste mir, fragte sie. Doch ne erne die Pilze.

Ich nickte. Die sind für dich, ganz allein.

Großmutter lachte laut heraus, biste no bei Troste, sagte sie. Die iss ock du, hoast se ja o gefunn. Mir tätn se an Hoalse stecken bleiben.

Ich werd' noch viele Pilze essen können in meinem Leben, sagte ich altklug, du aber nicht.

Großmutter schüttelte den Kopf. Nee, sicke Spriche! War hoatt dir denn doas eigegahn! Sie zog mich an sich, ock gudd, doas de wieder doarheeme bist.

Die Spiele meiner Kindheit

«Ich geh raus spielen», war der kürzeste und häufigste Satz, den ich in meiner Kindheit verwendet habe.

Jede Jahreszeit hatte ihre eigenen Spiele. Die blumenreichsten brachte uns der Frühling, wenn die Wiesen blühten und wir aus Gänseblümchen, Maiblumen und Vergissmeinnicht Kränze flochten und Braut und Bräutigam spielten. Die Stiele der Maiblumen schlitzten wir auf und wässerten sie im Regenfass, bis sie sich zu Schillerlocken kringelten, die wir der Braut ins Haar steckten. Fand sich kein Bräutigam, was oft geschah, denn die Jungen meiner Generation waren schüchtern und mädchenscheu, so übernahm immer eine von uns die Rolle des Bräutigams.

Doch nicht nur Gänseblümchen, Maiblumen und Vergissmeinnicht regten uns zum Spielen an, auch die Butterblume, botanisch Hahnenfuß genannt, war ein brauchbarer Gegenstand unserer Freizeitbeschäftigung. Denn zum Doktorspiel, das auf Kinder ab einem gewissen Alter einen besonderen Reiz ausübt, verwendeten wir die kugligen Fruchtstände der abgeblühten Blume und drückten uns gegenseitig diese kleinen stachligen Kugeln in den Oberarm, wo sie punktförmige Spuren hinterließen. Wir nannten das «Impfen». Ganz Verwegene impften auch an anderen Stellen.

Ging es dann in den Hochsommer hinein, kam das Heuschoberspringen wieder in Mode, wobei der zum

Sieger erklärt wurde, dem es gelang, den Haufen in einem Satz zu überspringen, ohne ihn dabei einzureißen.

Auch das Wettrennen zwischen den angehäufelten Heuzeilen, wir nannten das «Hase und Igel spielen», konnte uns eine Zeit lang beschäftigen.

Später dann, zur Erntezeit, waren es die Kornpuppen, diese kunstvollen Ährengebinde aus Stroh, die uns zum Spielen anregten, denn man konnte sich in diesen kleinen, zeltartigen Gebilden gut verstecken, Mutter, Vater, Kind spielen oder, was am interessantesten war, verliebte Pärchen belauschen. Einen ganzen Erntesommernachmittag lang boten uns diese Strohgebinde eine interessante und reizvolle Beschäftigung. Manchmal gingen wir erst nach Hause, wenn es Abend wurde. Der Heimweg über Stoppelfelder und Kuhweiden hinweg wurde dann für unsere nackten und ausgekühlten Füße zu einem Labsal besonderer Art. Denn die Hinterlassenschaften der Kühe, tellergroße, graugrüne Fladen, boten unseren Füßen angenehme, wohlige Wärme, sobald wir mit der Fußsohle in die fest gewordene obere Schicht eindrangen, die wir Branz nannten.

«Hoast wull wieder moal an Kuhploapperch geboadd», begrüßte mich die Großmutter stets, wenn ich mit diesem grünlichen Brei zwischen den Zehen nach Hause kam, während meine Mutter mir jedes Mal prophezeite, dass nie ein feines Mädel aus mir werden würde. Ich nickte dann stets und gelobte Besserung.

Kam der Herbst, so vergnügten wir uns mit Laubbuden bauen und wagemutigen Sprüngen vom Baum in die Laubberge hinein. Das Sammeln von Kastanien und Eicheln, aus denen wir Männchen und Tiere bastelten, gehörte ebenso zu unserer Freizeitbeschäftigung wie das Drachensteigen auf Hermann-Bauers Wiese, wo gleich mehrere Kinder auf einmal ihre Drachen steigen ließen.

Dabei konnte es vorkommen, dass sich die Schnuren ineinander verhakelten, was dann stets ein großes Geschrei auslöste. Ich suchte mir deshalb in weiser Voraussicht immer eine Stelle abseits vom Getümmel und brachte meinen Drachen meist auch heil nach oben, nach unten allerdings kaum, denn meist flog er mir davon.

Von besonderem Reiz aber waren für uns Kinder in dieser Zeit die Kartoffelfeuer, die nach der Kartoffelernte aus dem verdorrten Kraut am Feldrand angezündet wurden. Wir saßen dann mit angespitzten Stöcken drumherum und hielten unsere Kartoffeln ins Feuer, bis sie halb verkohlt waren. Ich glaube, keine Mahlzeit schmeckte uns damals besser als diese verkohlte Köstlichkeit am Spieß.

Wenn dann der November begann, konnten wir Kinder den ersten Schnee kaum erwarten, der nach einer alten Bauernregel immer in der Woche nach Totensonntag eintreffen sollte. Und meist war es auch so. Dann gab es kein Halten mehr. Wir holten unsere Schlitten aus dem Schuppen, wachsten die Kufen mit Lichtlwachs, damit sie «Zisch» kriegten, und los ging's. Waren wir mehrere, dann fuhren wir angekettelt den Berg hinab und brüllten in voller Fahrt «Bahne frei, Kartoffelbrei und a Stückl Wurst dabei!» Beendet wurde das muntere Treiben erst, wenn die Kälte an Händen und Zehen zwackte und die Nase rot gefroren war. Ich rannte dann, so schnell ich konnte, nach Hause, wo mich meine Mutter schon mit einer Schüssel Auftauwasser und den Worten empfing, «das haste nu davon», wobei sie mir haufenweise vereiste Schneeklumpen aus der Überfallhose schüttelte und ich mir schwor, nie mehr so lange draußen zu bleiben. Doch schon anderntags war alles vergessen. Das Spiel begann von Neuem. Schneeballschlachten und Schneebuden bauen gehörten ebenso dazu wie der Wettbewerb um den schönsten Schneemann auf unserer Straße.

Erst im Februar setzte eine gewisse Wintersmüdigkeit ein und wir warteten voller Sehnsucht auf den Frühling mit seinen mannigfachen Spielen. Und während in Großmutters Küche noch der Kanonenofen glühte, holte ich mir schon in froher Erwartung meine Sommersachen aus dem Schrank und spielte Frühling. Kam er dann endlich übern Häntscheberg zu uns herab, brachte er uns alle Spiele vom Vorjahr wieder mit. Und alles begann von vorn.

Aber auch allein konnte man sich gut die Zeit vertreiben. Ich hatte für diesen Fall immer einen Kreisel oder ein Springseil bei mir, mit dem ich Kunststücke vollführte. Es dauerte dann auch gar nicht lange, und ich war nicht mehr allein, denn immer waren Kinder in der Nähe, die mitspielen wollten. Springseil und Kreisel waren in meiner Kindheit unentbehrliche Utensilien des täglichen Gebrauchs. Besonders das Springseil, das man auch mit einer Wäscheleine selbst anfertigen konnte, hatte in meiner Kindheit Hochkonjunktur. Auch einen Kreisel, diesen kleinen, bunten Kegel aus Holz, besaß damals fast ein jedes Kind. Mit einem Stock, an dem eine Schnur befestigt war, droschen wir auf den Kegel ein, ließen ihn kreiseln und Sprünge machen und brachten ihn, wenn er schon am Austrudeln war, unter kräftigen Peitschenhieben erneut zum Kreiseln.

Wenn ich daran zurückdenke, so kommt es mir vor, als hätte meine ganze Kindheit nur aus Spielen, Singen und Tanzen bestanden. Egal, ob es regnete, stürmte und schneite oder ob die Sonne schien, der Vorrat an Spielen war unerschöpflich und passte zu jeder Jahreszeit.

Es gab Spiele, die hatten schon unsere Eltern und Großeltern gespielt wie «Blinde Kuh», ursprünglich ein Unterhaltungsspiel für gehobene Gesellschaften, das wahrscheinlich von Dienstboten ans niedere Volk weitergegeben worden war. Der Reiz dieses Spieles lag darin, dass man mit verbundenen Augen die Mitspieler der Reihe nach «befühlen» musste, um an gewissen Merkmalen herauszufinden, wer es war. Erriet man es, musste der Erkannte die Rolle der «Blinden Kuh» übernehmen. Für die Damen und Herren vornehmer Kreise ein sehr sinnliches Vergnügen.

Aber auch «Taler, Taler, du musst wandern» war ein Spiel, das schon unsere Vorfahren gespielt hatten und das auch zu meiner Zeit noch in Mode war, obwohl es schon längst keinen Taler mehr gab, wie es auch keinen Töpfer mehr gab, der Öfen ganz machte, doch immer noch hieß es in unserem Spiel «Ringel, ringel Rosenkranz, der Töpfer macht den Ofen ganz».

Auch Reifentreiben, ebenfalls eine beliebte Freizeitbeschäftigung des neunzehnten Jahrhunderts, war in meiner Kindheit noch in Mode. Ich erinnere mich, dass ich in Ermangelung eines Holzreifens einen Eisenreifen benutzte, der von einem alten Wagenrad stammte.

Daneben gab es noch andere Spiele aus der Kindheit unserer Mütter und Großmütter wie das Murmelspiel, das meine Großmutter noch mit selbst gedrehten Lehmkugeln gespielt hatte. In meiner Kindheit aber waren es bunte Tonkugeln und farbig gestreifte Glaskugeln.

Bei diesem Spiel kam es darauf an, mit etwas Geschick und Augenmaß die Kugeln in vorher ausgegrabene Erdlöcher zu schnippen. Wir nannten das «pickeln». Jedes Kind besaß ein solches Pickelloch mit mehr oder weniger begehrenswerten Pickelkugeln, die ein anderes Kind ins Pickelloch schnippen musste und danach behalten durfte. Wer am meisten erpickelt hatte, war Gewinner und konnte mit den schönsten Kugeln im Pickelsäckel nach Hause ziehen.

Aber auch alte Ballspiele, die schon am Absterben waren wie «Ich bin ein armer Student … ich wasche mir die Hände … ich kämme mir das Haar … und knie nieder vorm Altar», wurden zu meiner Zeit noch ab und zu gespielt. Wieder ging es hier, wie bei so vielen Spielen, um Geschicklichkeit und Schnelligkeit, denn wir mussten, während wir den Ball in die Höhe warfen, die jeweilige Tätigkeit mit den Händen nachahmen.

Ein weiteres überliefertes Spiel oder besser gesagt eine Freizeitbeschäftigung, mit der sich schon unsere Eltern vergnügt hatten, und die erst mit dem Verschwinden des dazu benötigten Gegenstandes mit verschwunden ist, war das nicht ganz ungefährliche und im wahrsten Sinne des Wortes «umwerfende» Leiterwagenfahren. Ein besonders waghalsiger Junge klemmte sich die Wagendeichsel zwischen die Beine, lud uns Kinder, egal ob groß oder klein, in den Wagen ein, und ab ging die wilde Fuhre, ohne Bremsen, ohne Licht, die abschüssigsten Dorfstraßen und Wegl hinab. Wahrlich, ein Vergnügen besonderer Art. Meine erste und zugleich auch letzte Leiterwagenfahrt endete im Straßengraben der damals noch von Apfelbäumen umsäumten Bahnhofstraße. Die Beule, die mir dabei aus der Stirn wuchs, nannte meine Großmutter ein Teufelshorn.

Mit jedem neuen Lebensjahr kamen neue Spiele hinzu. Alte wurden abgelegt wie Kleidungsstücke, aus denen man herausgewachsen war.

Spielten wir Erstklässler noch «Der Plumpsack geht rum, dreht euch nicht um! Wer sich umdreht oder lacht, kriegt den Buckel blau gemacht», und «Wir wolln die Goldne Brücke baun, wer hat sie denn zerbrochen? Der Goldschmied, der Goldschmied, mit seiner jüngsten Tochter!» – wobei ich jedes Mal ins Grübeln kam, warum ausgerechnet ein Goldschmied mit seiner jüngsten Tochter sie zerbrochen haben sollte – so wurden diese Spiele bereits in der zweiten Klasse abgelöst durch Spiele wie «Schwarzer Mann» und «Räuber und Gendarm».

Noch immer wurde dabei das von unseren Vorfahren übernommene Wort «Gendarm» verwendet, obwohl es in meiner Kindheit bereits «Polizeier» hieß.

«Räuber und Gendarm» war besonders bei den Jungen sehr beliebt. Es gibt wohl kaum einen Jungen aus jener Zeit, der es nicht gespielt hat. Es gehörte immer eine ganze Horde Jungen dazu, die zwei Parteien bildeten, die Räuber und die Gendarmen, die einander auflauerten und sich mit Stöcken und Knüppeln bekämpften. Meist wurden diese Gefechte in Wäldern oder alten Steinbrüchen ausgetragen, wo man sich gut verstecken konnte.

Wir Mädchen spielten dagegen das etwas abgewandelte und nicht so rohe Spiel «Räuber und Prinzessin».

Die beliebtesten Spiele jener Zeit aber waren neben «Huppekastl» vor allem Hascher und Verstecker, wie wir diese Fang- und Versteckspiele nannten. Die Spielbeteiligung reichte von zwei Kindern bis unzählig, je mehr, desto besser. Noch heute klingt mir dieses «Eins, zwei, drei, vier Eckstein, alles muss versteckt sein» im Ohr. Und im Anschluss daran dieses lang gezogene «ich ko-o-mme».

Wurden wir dann in unserem Versteck aufgespürt oder sahen eine gute Gelegenheit davonzukommen, rannten wir so schnell wir konnten an den vorher bestimmten Freiort und riefen laut «backst», noch bevor uns der Suchende abschlagen konnte. – «Backst», ein Zauberwort, mit dem wir uns freikaufen konnten.

Eine ganze Kindheit lang habe ich mir eingebildet, dieses «backst» habe etwas mit einer Backstube zu tun, obwohl ich mir nicht erklären konnte, was eine Backstube in unserem Spiel zu suchen hatte. Viel später erst erfuhr ich, dass wir in Unkenntnis der lateinischen Sprache das Wort «pax», das «Frieden» bedeutet, in «backst» umgewandelt hatten.

Es müssen Kinder gebildeter Leute des achtzehnten und neunzehnten Jahrhunderts gewesen sein, die dieses Spiel bereits gespielt haben und uns jenes lateinische Wort vermacht haben, mit dem wir Kinder einfacher Leute nichts anzufangen wussten.

Hieß es: «Wir spielen Verstecker», war alles von vornherein geklärt und eindeutig, einer suchte, die anderen versteckten sich. Hieß es dagegen: «Wir spielen Hascher», so konnte das mancherlei bedeuten, denn die Fangspiele waren vielseitig und abwechslungsreich und verbargen sich hinter so seltsamen Ankündigungen wie «Mutter, Mutter, der Mehlsack brummt» oder «Meister, Meister, gib uns Arbeit».

Der Mehlsack und der Meister waren immer die Fänger. Der Mehlsack stand meist abseits, den Rücken uns zugekehrt, das Gesicht an eine Mauer oder Schuppenwand gedrückt, während wir anderen Kinder uns um die Mutter scharten, die uns abwechselnd zum Mehlsack schickte, der jedes Mal gefährlich brummte, wenn wir uns näherten, aber erst zuschlug, wenn die Mutter mitkam. Wir mussten dann, so schnell wir konnten, wegrennen, um nicht gefangen zu werden.

Weniger aufregend, dafür aber schöpferischer und einfallsreicher war das Meisterspiel, das unsere Kenntnisse und Vorstellungskraft forderte, weil wir uns beim Meister mit einem möglichst ausgefallenen Handwerk vorstellen mussten, das wir mit einer typischen Handbewegung zu demonstrieren hatten. Erriet der Meister es, durfte er uns fangen.

Beim Blumen- oder Städtehascher kam es ebenfalls auf unsere Kenntnisse an, denn wir hatten uns, um nicht abgeschlagen zu werden, im vollen Lauf hinzukauern und schnell eine Blume oder Stadt zu nennen, die zuvor noch keiner genannt hatte. Konnte man es nicht, musste man der Fänger sein.

Den meisten Spaß aber hatten wir beim Figurenwerfen, das weder ein Fang- noch ein Versteckspiel war, sondern eher ein Clownsspiel, denn ein Kind hatte die anderen hintereinander im Kreise herumzuschleudern und schließlich fallen zu lassen. Wer im Fallen die kurioseste Stellung einnahm und reglos darin verharrte, wurde zum Sieger erklärt und durfte nun selber schleudern. «Faxen machen» nannten wir das Spiel, das mir besonders gut gefiel.

Mein allerliebstes Spiel aber, das ich in den Sommern meiner Kindheit am häufigsten gespielt habe, war «Huppekastl». Ich glaube, Huppekastl war das Lieblingsspiel meiner Generation. Huppekastl ließ sich auf allen Straßen, Wegen und Plätzen spielen. Man brauchte dazu nur ein Stück Kreide oder einen Stock. Das Gebilde, das man damit auf den Boden zeichnete, glich einem Haus mit vielen Fenstern und einem kuppelförmigen Dach. Mit kleinen Steinchen, die wir zuvor gesammelt hatten, zielten wir in die Kästchen, wobei es auf Treffsicherheit und Geschicklichkeit ankam, denn wir mussten auf einem Bein über das Kästchen hüpfen, in dem der Stein gelandet war. Wie das Spiel aber weiterging und wer Sieger wurde, weiß ich nicht mehr. Das ist schon merkwürdig, gerade dieses Spiel, das ich in meiner Kindheit am häufigsten gespielt habe, ist mir entfallen. Und es gibt keinen mehr um mich herum, den ich danach fragen könnte, denn die, die es noch gespielt haben, leben nicht mehr oder haben es vergessen wie ich. Und die Kinder von heute kennen es nicht mehr. Ich gehöre wohl zur letzten Generation, die alle diese Spiele noch gespielt hat.

Heute gibt es andere Spiele, aufregendere, kompliziertere. Spiele, die nicht mehr draußen, sondern drinnen gespielt werden, denn die Kinder von heute gehen nicht mehr raus spielen, die Kinder von heute gehen rein … ins Internet.

«Tempora mutantur, et nos in eos», wie der Lateiner sagt. «Die Zeiten ändern sich und wir uns in ihnen.»

«Doas is dr Loof dr Walt», würde meine Großmutter dazu sagen.

Immer aber zur Maiblumenzeit halte ich nach Kindern Ausschau, die in den Wiesen Kränze binden.

Es könnte doch sein, dass der Lauf der Welt kurz mal stehengeblieben ist.

Der Sonntagsspaziergang

Der Sonntagsspaziergang war immer ein besonderes Ereignis. In meiner Kindheit war er noch in Mode. Es galt als vornehm, seinen Sonntagskaffee in einem Gartenlokal zu genießen, umgeben von schattigen Bäumen und summenden Bienen. Selbst im Krieg, als es Kuchen nur noch auf Marken gab und Muckefuck anstatt Bohnenkaffee, wurde der Sonntagsspaziergang nicht abgeschafft. Er war das Sommervergnügen naturverbundener Familien. Auch wir zählten uns dazu. Wenn meine Mutter am Sonntag nach dem Mittagessen die Brennschere hervorholte und sich das Haar ondulierte, wenn mein Vater den Selbstbinder suchte, den grün gestreiften, den meine Mutter wieder mal verräumt hatte, wenn Großmutter sich die Pfuckeschürze abband, die sie eine Woche lang getragen hatte, ihre Pantoffeln abstreifte und in ihre Ausgehschuhe fuhr, dann wusste ich, es war wieder so weit, wir brachen zum Sonntagsspaziergang auf. Diese Spaziergänge unterteilten sich in größere und kleinere, entferntere und näher gelegene. Die entfernteren nannten wir Ausflüge, die näheren Spaziergänge.

Die Ausflüge planten wir, die Spaziergänge machten wir unvorbereitet, je nach Lust und Laune und wie das Wetter gerade war. Für die Ausflüge benutzten wir die Eisenbahn oder den Omnibus, für die Spaziergänge unsere Füße. Die Spaziergänge beschränkten sich auf unseren Ort und die nähere Umgebung, die Ausflüge unternahmen wir zu Gaststätten, die außerhalb dieser Grenzen lagen wie beispielsweise die Erntekranzbaude oder der

Waldfrieden in Oppach. Beide Gaststätten erreichten wir bequem mit dem Omnibus, der unmittelbar vor der Erntekranzbaude hielt, während wir zum Waldfrieden, einem in der Nähe gelegenen Gartenlokal, noch eine kurze Wegstrecke zu gehen hatten. Mein Vater mit seinem Spazierstock, diesem unvermeidlichen Zubehör eines jeden männlichen Sonntagsspaziergängers, ging forschen Schrittes voran, und wir spazierten in Erwartung kommender Genüsse freudig hinterher.

In die Erntekranzbaude, die sonntags immer zum Tanzkaffee einlud, lockte uns vor allem der gute selbst gebackene Kleckselkuchen, während der Waldfrieden gern von kinderreichen Familien aufgesucht wurde, weil die umsichtigen Wirtsleute ihre kleinen Gäste mit einer Wippe, einer Schaukel und sogar mit einem richtigen Karussell erfreuten.

Doch nicht allen war es gegeben, diese Sonntagsvergnüglichkeiten zu genießen. Es gab Familien, die weder Geld noch Sinn dafür hatten, andere hingegen waren nicht so gut zu Fuß und wieder andere hatten in den Sommermonaten auf den Feldern zu tun und sich um das Vieh auf der Weide zu kümmern.

Ich erinnere mich, dass ich jedes Mal eine Art Dankgebet ausstieß, wenn ich im feinen Sonntagskleid mit Lackschuhen und einer Schleife im Haar an Hermann-Bauers Mägden und Knechten vorbeispazierte, die hemdsärmlig und sonnenverbrannt, das Kopftuch oder die Schirmmütze schützend in die Stirn gezogen, mit der Heu- oder Getreideernte beschäftigt waren.

Ich dankte dann den höheren Mächten, die mich nicht wie meine bedauernswerte Schulfreundin Christa zu Bauersleuten auf die Welt geschickt hatten, sondern zu Leuten, die ihre Kinder an Erntesonntagen frohen Muts spazieren führen konnten.

Es gab damals in unserer näheren Umgebung mehr als eine Handvoll Ausflugslokale, die wir alle im Wechsel aufsuchten: die Gaststätte zum Waldestal im Ortsteil Sonneberg, die Einkehr zu den Linden im Neudorfe, die Fichtelschenke, das Blockhaus und den Einsiedler, die alle drei zu Friedersdorf, unserem Nachbarort gehörten, sowie die etwas entferntere, aber dennoch gut zu Fuß zu erreichende Jüttelsbergbaude, die drüben im «Bihmschen» lag.

Jede dieser Gaststätten war einmalig in ihrer Ausstattung, dem Speisenangebot, den Sitzgelegenheiten und den Kinderbelustigungen.

Aus diesem Überangebot gastfreundlicher Ausflugslokale waren es drei, die wir besonders gern aufsuchten, weil sie unseren ganz persönlichen Vorlieben entsprachen. Mein Vater, der Wert auf ein gepflegtes Helles legte, bevorzugte die Gaststätte zum Waldestal, während meine Mutter am liebsten in der Fichtelschenke einkehrte, wo es dieses einzigartige Appetitsbrot gab, das sich großer Beliebtheit erfreute und weit über die Grenzen dieses Ortes hinaus bekannt war. Auch heute erinnern sich noch manche mit Schmunzeln an diese ellenlangen Überraschungsschnitten, die vom Mittelstück eines großen runden Brotes stammten und mit so verschiedenartigen Belägen wie Wurst und Käse, Schinken und Hackepeter, Sülze und sauren Gurken, Tomaten und Radieschen appetitlich auf Holzbrettchen serviert wurden. Diese abwechslungsreiche Köstlichkeit, die es nur in der Fichtelschenke gab, war meiner Mutter zehnmal lieber als die allerfeinsten Kuchen, Sahnetorten und Apfelstrudel.

Ich aber machte mir wenig aus derlei Genüssen und wollte immer am liebsten in die Lindenschenke, wo sich am Ende des Biergartens, entlang des Zaunes, eine Vogelvoliere befand, bewohnt von exotischen Wesen, die man sonst nirgendwo zu sehen bekam, bunt und schrill, mit kreischenden oder schnalzenden Lauten. Auch ein Pfau, stolz und selbstverliebt, schlug hier sein Rad und ließ sich von den Gästen bewundern. Was mich aber am meisten anzog, war der große, mit Zweigen und Kletterstangen ausgestattete Eisenkäfig, der zum Ergötzen von uns Kindern zwei Affen beherbergte, die allerlei Kunststückchen vollführten und manchmal sogar im Freien von Tisch zu Tisch sprangen und den Gästen die Kuchenreste vom Teller aßen. «Tierschau» nannten die geschäftstüchtigen Wirtsleute diese Attraktion. Keine Frage, dass ausgerechnet diese Lokalität meine Lieblingsgaststätte wurde.

Meiner Großmutter aber war es als Einziger egal, wohin wir am Sonntag spazieren gingen. Für sie zählte nur, ob in der Gaststätte, die wir aufzusuchen gedachten, Öfen standen, die mein Großvater gesetzt hatte. Bei den meisten in der Umgebung war das der Fall, und so begnügte sie sich in der Regel mit unserer Auswahl und spazierte mit uns mit, und nur selten kam es vor, dass sie kopfschüttelnd sagte, «durt giehch ne mitte hie, durte hoatt dr Voater ne gesetzt».

Im Waldestal aber, meines Vaters Lieblingsgaststätte, hatte «dr Voater» gleich mehrere Öfen gesetzt, und so ergab es sich von selbst, dass uns unser Sonntagsspaziergang des Öfteren in diese Sonneberger Gaststätte führte. Sie lag unmittelbar am Waldesrand, wo sie auch heute noch zu finden ist, umgeben von Wiesen, Feldern, Seerosenteichen und einer Handvoll Kleinbauernwirtschaften.

Wie jede dieser ländlichen Ausflugsgaststätten, so hatte auch diese ihre Besonderheit, denn im schattigen Biergarten, der sich an der Giebelseite des Hauses befand, gab es eine imposante Kastenschaukel, die dafür sorgte, dass es uns Sonntagsspaziergangskindern nicht langweilig wurde, derweil die Erwachsenen unter schattigen Bäumen ihren Sonntagskuchen aßen und sich mit gewichtigen Mienen die neuesten Dorfereignisse mitteilten, wer vor Kurzem auf die Welt gekommen war und wer sie bereits wieder verlassen hatte, wer mit wem uneins war und wer sich mit wem zusammengetan hatte.

Mein Vater hielt sich meist abseits davon, trank am Tresen sein Bier, unterhielt sich dabei mit den Wirtsleuten, die er beim Vornamen nannte, und half, wenn Not am Manne war, beim Bedienen mit, eine Lieblingsbeschäftigung von ihm, die er später auch beruflich ausübte.

«Bloß gudd, doass ar salber keene Kneipe hoat», meinte Großmutter jedes Mal, wenn mein Vater seiner Lieblingsbeschäftigung nachging, «ar wär' sei bester Kunde».

Diese Gaststätte war von allen Lokalitäten auf dem kürzesten Wege für uns zu erreichen, nur eine halbe Wegstunde von unserem Hause entfernt. Hier fanden auch unsere Familienfeiern statt, Geburtstage, Hochzeiten, Schulabgänge, Kindtaufen.

Heute steht die Gaststätte verlassen am Waldesrand, die große zweiflüglige Eingangstür ist verschlossen, der Biergarten verwahrlost, die Kastenschaukel abmontiert und die Sonntagsspaziergänger von damals sind ausgestorben. Denn heute geht man nicht mehr mit Hut und Stock, Kind und Kegel spazieren. Der Sonntagsspaziergang, dieses Auslaufmodell des vorigen Jahrhunderts, ist nur noch in der Erinnerung vorhanden. Heute fährt man im Auto vor, salopp gekleidet in Jeans und Freizeitshirt, und nur auf einen Sprung, denn es soll noch zu anderen Sonntagsvergnügungen gehen. Die Angebote sind entsprechend groß. Dorffeste, Brunnenfeste, Spreequellfeste, Schützenfeste, Feuerwehrfeste und Jubiläen jeglicher Art. Der Spazierstock, dieses Utensil vergangener Zeit, hat ausgedient. Auch bei mir hängt er nur noch zur Zierde an der Wand.

Aufgehobenes

Wer sich selbst zum Feind macht,
macht sich die ganze Welt zum Feind.

~

Nur große Fische stoßen an die Scheiben
des Aquariums, kleine fühlen sich unbegrenzt.

~

Geiz und Sparsamkeit verhalten sich zueinander
wie Pfeil und Bogen. Das eine ist gegen andere,
das andere nur gegen sich selbst gerichtet.

~

Die Meinung der Leute macht den einen
zum Gott, den anderen zum Teufel.

~

Ein Dummer ohne Ehrgeiz kann immerhin
viel Nützliches in der Welt zuwege bringen. –
Ein Ehrgeiziger ohne Klugheit
aber viel Schaden anrichten.

Das Vertiko meiner Großmutter

Das Vertiko meiner Großmutter hatte in meiner Kindheit seine Glanzzeit bereits hinter sich. Es stand in der Bodenkammer gegenüber von Großmutters Zweimenschenbett und wurde nur noch zum Aufbewahren von Flickwäsche benutzt. Auf dem Oberteil, das mit einem zurückgesetzten Überbau versehen war, fristeten alte Familienfotos in verschnörkelten Metallrahmen ihr unbeachtetes Dasein. In der Mitte prangte, groß und eindrucksvoll, in einem mit Blumen und Ranken verzierten Kupferrahmen, das Hochzeitsbild einer im neunzehnten Jahrhundert nach Kanada ausgewanderten Tante meiner Großmutter, dahinter, nicht ganz so prunkvoll, noch einmal die Ausgewanderten, dreißig Jahre später, verwelkt, vergrämt, von harter Arbeit verbraucht. Ein Auswandererschicksal.

Schön und unverbraucht und ewig jung aber strahlte mir in einem schlichten Holzrahmen Großmutters schöne und so jung verstorbene Schwester Selma entgegen. Eine ganze Kindheit lang bewegte mich das Geheimnis ihres frühen Todes. Sie war erst Anfang zwanzig, als sie starb. Auf dem Bild trägt sie ein langes weißes Kleid und dazu weiße Knöpfhandschuhe. Das blonde dichte Haar hat sie zu einer kunstvollen Außenrolle à la Rosa Luxemburg hochgedreht. In der rechten Hand hält sie, kokett an die Schulter gedrückt, einen kleinen weißen Sonnenschirm. Immer, wenn ich das Bild betrachtete, fragte ich mich, woran ein so junges, blühendes Mädchen gestorben sein könnte. Es hieß, sie habe ab ihrem zwanzigsten Lebensjahr das Essen eingestellt und sei verhungert. Noch heute denke ich hin und wieder darüber nach, vor allem wenn ich in den Medien von magersüchtigen Mädchen höre, die wie sie verhungert sind. War die schöne Selma magersüchtig? Oder war sie so arm, dass es zum Essen nicht reichte, weil sie alles für Schmuck und Kleidung ausgab? Ich werde es nie erfahren. Als ich geboren wurde, war sie schon zwanzig Jahre tot. Mir aber ist, als hätte ich sie noch persönlich gekannt, denn in unserer Familie wurden nicht nur Möbel, Schmuck und Bücher weitervererbt, sondern auch die Verstorbenen selbst. Wir sprachen über sie, als seien sie nur mal kurz weggegangen. Wir lobten oder tadelten ihre Eigenschaften, lachten oder klagten über Dinge, die ihnen widerfahren waren, und feierten ihre Geburtstage, als wären sie noch immer unter uns.

Etwas abseits vom Bild der schönen Selma, halb verdeckt von einer Blumenvase, stand das Brautbild meiner Eltern, das meine Mutter gern vor der Welt verborgen hielt, weil es sie gerade in einem unglücklichen Moment des Zornes über meinen Vater zeigt, der einer Brautjungfer schöne Augen gemacht hatte – ein Schicksalsbild wie die anderen auch. Von all den Bildern auf Großmutters Vertiko befindet sich nur noch dieses freudlose Brautbild in meinem Besitz.

Gern hätte ich auch meine Großmutter als Braut gesehen, denn sie war eine glückliche Braut und ihr Bräutigam ein liebevoller Mann, der Großmutter auf Händen trug, wie meine Mutter es neidvoll ausdrückte. Aber von den Großeltern gibt es kein Brautbild, denn beide waren arm und mittellos und hatten kein Geld für solche Sachen. Sie besaßen nicht einmal ein eigenes Bett, in dem sie ihre Hochzeitsnacht hätten verbringen können. «Mir warn arm wie anne Kirchenmaus», so nannte es die Großmutter, wenn sie davon sprach. Am Tage ihrer Hochzeit fand Großvater den Satz seines Lebens: «Wenn mer o nischt ham', senn mer doch beisamm.»

Doch nicht diese Familienfotos auf Großmutters Vertiko waren das Interessanteste für mich, sondern das breite Schubfach, das über dem zweitürigen Wäschefach die ganze Vorderseite einnahm und rechts und links verzierte Hängegriffe aus Messing hatte; sie waren der einzige Schmuck an diesem schlichten Fichtenholzschrank. Das Schubfach selbst aber erwies sich als wahre Fundgrube von Kuriositäten aller Art. Wichtiges und Unwichtiges aus fünf Jahrzehnten hatte sich hier angesammelt, denn dieses Fach wurde sowohl von meiner Großmutter als auch von meiner Mutter als Aufbewahrungsort werter und unwerter Erinnerungen genutzt. Da fanden sich ellenlange Hutnadeln Marke «Totstecher» neben neckischen Zierkämmen aus Horn und Perlmutt, hauchdünne Haarnetze, schwarze Holzperlenketten und bunte Strassbroschen neben Blechdosen voller Malz- und Eukalyptusbonbons, die längst zu Klump verschmolzen waren, verfallene Silbermünzen aus der Kaiserzeit und ein Bündel Inflationsgeld, das mich glauben ließ, meine Großeltern seien in einem früheren Leben einmal Millionäre gewesen. Hin und wieder versetzte ich meine Freundinnen damit in Ehrfurcht und Erstaunen, wenn wir heimlich in den alten Sachen kramten.

Ganz versteckt in einer Ecke des Schubfaches lag vertrocknet und verbogen der Brautkranz meiner Mutter und gleich daneben ein blaues Samtschächtelchen, in dem sich ein pfirsichkerngroßer Gallenstein befand, von meiner Mutter «Kummerstein» genannt. Ein Bündel Feldpostbriefe vom gefallenen Verlobten meiner Mutter gilbte in einer Bonbonnierenschachtel dahin. Die Briefe begannen immer mit «Mein liebes Puppchen» und endeten mit «Dein Dich treu und innig liebender Panzergrenadier».

Das Interessanteste und Geheimnisvollste aber befand sich in einer länglichen Pappschachtel, die in einer Nachthaube versteckt war. Der Inhalt dieser Schachtel blieb mir eine ganze Kindheit lang ein Rätsel. Ich wagte auch nicht, meine Mütter danach zu fragen, denn dunkel ahnte ich, dass es etwas mit Frauenbefindlichkeiten zu tun hatte, mit Umständen, in die auch ich eines Tages hineingeraten würde, die mir meine Mütter aber um keinen Preis der Welt offenbaren würden.

Auch meine Freundinnen wussten mit dem rätselhaften Gegenstand nichts anzufangen. Es war ein längliches Etwas, das die ganze Schachtel ausfüllte und zu zwei Dritteln aus einem glatten schwarzen, leicht gekrümmten Rohr bestand, an dessen einem Ende sich ein birnenförmiger Gummiball befand, der mit einem Schraubverschluss am Rohr befestigt war. «Zur Körperpflege für die aufgeklärte Frau» stand auf dem Deckel.

«Ihr hoabt wull wieder moal a mein Vertikoe rimgestänkert», sagte die Großmutter jedes Mal, wenn ich mit meinen Freundinnen kichernd und beschwingt vom Boden herunterkam. Ich nickte dann ertappt und hoffte, dass Großmutters Ankündigung, das Vertiko in Zukunft abzuschließen, wie immer nur eine leere Drohung bliebe.

Mit jedem neuen Lebensjahr aber verlor es ohnehin an Bedeutung für mich, und erst Jahrzehnte später, als keiner mehr da war im Haus meiner Kindheit, holte ich das Vertiko zu mir. Nun steht es in unserem Bad und wird zum Aufbewahren von Frotteehandtüchern und Toilettenutensilien genutzt, während uns das Schubfach als Arzneikasten dient. Doch Großmutters Vertiko ist für mich nicht nur ein Aufbewahrungsort nützlicher Gebrauchsgegenstände, sondern auch ein Erinnerungsspeicher voller Geschichten, heiteren und ernsten, Geschichten von Familienfeiern, Umzügen, Pfändungen, von vorübergehender

Zweckentfremdung durch bedürftige Flüchtlingsfamilien … und von unserer grenzenlosen Kinderneugier.

Eine der schönsten und beeindruckendsten Geschichten erzähle ich immer dann, wenn sich einer wundert, warum ich das alte Möbelstück so hüte.

Es war im Jahr achtzehnhundertachtundneunzig, meine Großeltern waren jungverheiratet und bettelarm. Großvater arbeitete als Geselle bei einem Ofensetzmeister in Schirgiswalde und Großmutter verdiente sich ihren kargen Lohn in Friesens Grobgarnweberei. Sie wohnten bei einem Stellmacher zur Miete, schliefen in einer Bodenkammer und lebten in einer möblierten Stube. Das Vertiko war ihr erstes eigenes Möbelstück. Sie hatten lange darauf gespart, Neugroschen für Neugroschen zurückgelegt, hatten gehungert und gedarbt, nur um dieses Vertiko zu erwerben. Großmutter hatte es im Schaufenster eines Tischlermeisters entdeckt. Jeden Tag auf dem Weg zur Arbeit blieb sie davor stehen und bewunderte das anbetungswürdige Stück. Schließlich fasste sie sich ein Herz und fragte nach dem Preis. Er war für ihre Verhältnisse so gut wie unerschwinglich, aber irgendwie wollten sie es gemeinsam schaffen. Und so übernahm Großvater nach Feierabend beim Hauswirt Handlangerarbeiten, während Großmutter vor Schichtbeginn Semmeln austragen ging. Immer, wenn sie an der Tischlerei vorbeikam, hielt sie mit Bangen nach dem Vertiko Ausschau, ob es noch dastand. Aber das Vertiko war zu schlicht, als dass es so schnell einen Käufer gefunden hätte. So konnten es meine Großeltern schließlich nach Monaten eisernen Sparens ihr Eigen nennen. Der Tag, an dem sie es in ihre Stube holten, gehörte zu den Glückstagen in ihrem Leben. Das erste eigene, selbst verdiente Möbelstück. Die Freude darüber muss unermesslich gewesen sein. «Ich duchte, mei Herze quillt ieber», waren Großmutters Worte, wenn sie davon sprach.

Ein Millionär hätte sich über seine erste Segeljacht nicht mehr freuen können als meine Großeltern über dieses schlichte Möbelstück. Denn das Maß für die Freude, die ein Herz fassen kann, bleibt immer dasselbe, ganz gleich, welchen Wert das Ersehnte und endlich Erreichte auch hat.

Für meine Großeltern war es das Vertiko, es war das Glanzstück in ihrem bescheidenen Zuhause. Einen ganzen Nachmittag hatten sie damit zugebracht, es an die richtige Stelle zu platzieren, wo es jedem gleich in die Augen fallen musste. Noch nachts im Bett hatte Großmutter nicht einschlafen können vor Freude und Glückseligkeit. Und so war sie schließlich aufgestanden und hatte sich leise, um Großvater nicht zu wecken, aus der Kammer geschlichen. Sie wollte sich noch einmal das Vertiko ansehen und sich vergewissern, dass es kein Traum war. Doch als sie die Stube betrat, fuhr sie überrascht zurück. Im Schein der Petroleumlampe erkannte sie Großvater, der fröstelnd auf einem Schemel hockte und andächtig das Vertiko betrachtete. Ich wollte dich nicht wecken, sagte er, aber es ließ mir keine Ruhe. Mir auch nicht, erwiderte Großmutter und setzte sich zu ihm. Danach soll Großvater in einer Anwandlung von Freude und Stolz die Worte gesagt haben, die seitdem in unserer Familie die Runde machen und die auch ich gelegentlich benutze, wenn ein neues Möbelstück bei uns Einzug hält: «grad wie bei feinen Leuten».

Als in einem regenreichen August das Hochwasser auch das Vertiko erreichte und es zu ertränken drohte, rief ich den Helfern zu, rettet es, rettet es zuallererst, es ist mein liebstes Stück!

So ist das wohl im Leben, nicht an den kostbarsten Dingen hängt unser Herz, sondern an den schlichten, unscheinbaren, die so alt sind, dass sie zu uns sprechen können.

Der Mühlengang

Alle meine Verwandten väterlicher- wie auch mütterlicherseits stammen aus armen, kinderreichen Hausweberfamilien. Am ärmsten dran war die Familie meiner Großmutter in Neukirch. Hier gab es auch die meisten Kinder. Es verging kein Jahr, in dem die Frau, die meine Urgroßmutter war, nicht «in anderen Umständen» gewesen wäre.

In «andere Umstände» gerieten nur Frauen aus armen Familien, Frauen aus wohlhabenden Familien hingegen waren in «guter Hoffnung», wenn sie ein Kind erwarteten. So feine Unterschiede machte man damals in der Sprache zwischen Arm und Reich. Und arm war die Familie meiner Großmutter, bettelarm. Mit jedem neuen Kind, das dazukam, wurden die Nöte für die Familie größer und die «Umstände» immer unerträglicher. Hätte es das benachbarte Böhmen nicht gegeben, wo die meisten Lebensmittel ein paar Pfennige billiger waren, wäre der Überlebenskampf dieser Großfamilie noch härter ausgefallen.

Eine Geschichte, wie gnadenlos es in der Familie meiner Großmutter zuging, wo jeder Pfennig zweimal umgedreht wurde, bevor man ihn ausgab, ist mir kürzlich wieder eingefallen, als mich mein Enkel nach dem Holzstück fragte, das bei uns an der Wand zwischen alten Bildern hängt. Es hing schon hier, als wir in diese alte Umgebindestube einzogen, von einem der Vorbesitzer aufbewahrt als Erinnerung an Zeiten, wo in diesen Häusern noch gewebt wurde, denn es ist ein Weberschiffchen, oft auch Schützen genannt. Seine Urbestimmung ist es, den Querfaden durch die Kette zu ziehen oder eben zu «schießen». In der Familie meiner Großmutter aber wurde er auch zweckentfremdet zur Kinderzüchtigung eingesetzt.

Der Vater meiner Großmutter, der «Köhlerfriedel», war bekannt für die Qualität seiner Schläge, die er meist mit diesem Schützen ausführte, einem harten, quirlstiellangen Stück Holz mit einer eisernen Spitze an jedem Ende. War er einmal dabei, konnte es geschehen, dass er gleich mehrere seiner Kinder verprügelte, die einen im Nachhinein, die anderen im Voraus für nicht erledigte Arbeiten, zerrissene Kleidung oder Untaten, die sie begangen hatten oder noch begehen würden. Durch diese Art der Pauschalbestrafung sparte er Zeit und Aufwand, denn jede Minute, die er am Webstuhl verlor, war verlorenes Geld.

Wie hart die Bestrafung des Köhlerfriedel einmal seinen jüngsten Sohn, den Robert, traf, ist eine Geschichte, die mir die Großmutter oft erzählt hat und die ich nun an meinen Enkel weitergegeben habe.

Es war im letzten Drittel des neunzehnten Jahrhunderts, als der Robert von seinem Vater, dem gefürchteten Köhlerfriedel, an jedem Wochenanfang nach Böhmen zum Brotholen geschickt wurde. Von den sechs Söhnen, die mein Urgroßvater gezeugt hatte, war Robert der klügste und pfiffigste, der am besten wusste, wie man die Grenzjäger überlisten konnte, die bei Tag und Nacht auf der Jagd nach Schmugglern waren, die in unserer Gegend «Pascher» genannt wurden.

Die Grenze zu Böhmen, das damals unter österreichisch-ungarischer Herrschaft stand, verlief im Süden der Oberlausitz, streifte hier viele Oberlausitzer Dörfer und reichte bei Hilgersdorf nahe an Steinigtwolmsdorf und das benachbarte Neukirch heran.

Auf böhmischer Seite standen österreichische Zöllner, auch «Finanzer» genannt, und wachten mit Sorgfalt darüber, dass keine Billigware nach Sachsen eingeschleust wurde. Auf Oberlausitzer Seite standen sächsische Zöllner, im Volksmund «Einnehmer» genannt, und taten dasselbe für ihr Land. Trotzdem gelang es den «Paschgängern» immer wieder, die Zöllner zu überlisten und ihre Billigware unbehelligt und zollfrei nach Hause zu bringen. Auch der Robert gehörte dazu. Der Gang in die Hilgersdorfer Mühle, wo er an jedem Montag die Brote für eine ganze Woche holen musste, war weit und beschwerlich und führte von Neukirch über Ringenhain und Steinigtwolmsdorf durch waldreiches, unwegsames Gebiet. Noch beschwerlicher aber muss für den Jungen der Rückweg gewesen sein mit einem Tragkorb voller Dreipfundbrote. Doch der Robert beklagte sich nie. Sommers wie winters versorgte er seine vielköpfige Familie mit böhmischem Billigbrot. Bezahlt wurde erst an Vaters Lohntag, vorher wurde angeschrieben.

Da diese Paschgänge immer erst bei Dunkelheit stattfinden konnten, wenn die Grenzjäger Mühe hatten, die heimlichen Pfade und verborgenen Fährten der Pascher aufzuspüren, schlief der Robert vorher ein paar Stunden, bis die Mutter ihn kurz nach Mitternacht weckte, schließlich war der Weg in die Mühle weit, und spätestens zu Schulbeginn musste der Junge wieder zurück sein. Meist saß der Vater um diese Zeit noch am Webstuhl und auch die Mutter ging erst zu Bett, nachdem sie den Robert geweckt hatte.

Eines Tages aber passierte es, dass der Robert die Weckrufe der Mutter überhört hatte. Er musste fest geschlafen haben, denn es war schon weit nach Mitternacht, als er aufwachte. Der Vater schnarchte auf der Ofenbank und auch die Mutter schien neben der Wiege des Neugeborenen wieder eingeschlafen zu sein. Leise, um die Eltern nicht zu wecken, zog er sich an, huckte sich den Tragkorb auf den Rücken und machte sich auf den Weg nach Böhmen. Er war spät dran diesmal und musste sich beeilen, um zur gewohnten Zeit zurück zu sein. Die Angst, der Vater könnte merken, dass er verschlafen hatte, wenn er später als sonst zurückkehrte, war so groß, dass er die Strecke bis zum Wald im Dauerlauf zurücklegte. Schweißdurchnässt und völlig außer Atem kam er noch vor Morgengrauen in der Mühle an, verlangte seine Brote, ließ anschreiben wie immer und war zum Frühgeläut wieder daheim, froh, dass der Vater seinen verspäteten Aufbruch nicht bemerkt hatte.

Doch anstatt zur Belohnung wie gewohnt das Rämpftl vom ersten, noch ofenwarmen Brotlaib zu bekommen, erhielt er von seinem Vater eine unerwartete Tracht Prügel, denn es war Donnerstag und nicht Montag, und die Brote waren längst geholt und angeschrieben.

Immer, wenn diese Geschichte bei Familienfeiern zum Besten gegeben wurde, gab es an dieser Stelle ein großes Gelächter, weil der Robert den verpassten Weckruf nur geträumt hatte und schlaftrunken zum Brotholen aufgebrochen war. Dass er nach diesem Mühlengang vom Köhlerfriedel mit dem Schützen so verprügelt worden war, dass er tagelang weder sitzen noch liegen konnte und nur mit einem «Bettl» in der Hose imstande war, am Unterricht teilzunehmen, wurde beim Erzählen immer weggelassen. Nur ich kannte von meiner Großmutter den ganzen schlimmen Verlauf.

Doch «a jeds Ungemach hoat o sei Gutts», ein Ausspruch, mit dem meine Großmutter diese ungute Geschichte jedes Mal abschloss, denn wenn die Familie nun auch doppelt so viel Geld für die Mühle aufbringen musste, so konnten sich doch alle an Brot einmal richtig satt essen.

Zu Lichtn gihn

Die Oberlausitz ist reich an Bräuchen und volkstümlichen Überlieferungen. Manche sind uralt und fast vergessen wie der Brauch vom Lichtengehn, der bis ins sechzehnte Jahrhundert zurückreicht.

Wenn ich meine Großmutter vorm Schlafengehen bat, mir eine Geschichte zu erzählen, und Großmutter mich fragte, was ich hören wolle, so antwortete ich stets, «erzähl' mir was von früher». Denn nichts war spannender, abenteuerlicher und ungewöhnlicher als ihre Kindheit in Sohland in dem kleinen, ärmlichen Umgebindehaus ihrer Großeltern, wo noch der große Webstuhl in der Blockstube stand und über die Hälfte des Raumes einnahm, so dass kein Platz mehr war für den Esstisch, der nur ein einziges Bein in der Mitte hatte, das sich umklappen ließ, damit der Tisch an der Wand aufgehängt werden konnte. Oh, wie aufregend! Ein Tisch an der Wand, der nur einmal am Tage zur Hauptmahlzeit herabgelassen wurde. Noch aufregender aber war der Schlafplatz meiner Großmutter in der Lade, einer hölzernen Kiste oder Truhe, in der die Großeltern ihre Habseligkeiten aufbewahrten, Wäsche, Kleidung, wollene Socken, das Gesangbuch und die Bibel. Und mittendrin meine Großmutter als Kleinkind, als Schulkind und als Heranwachsende schließlich, mit der ständigen Angst, eines Tages aus der Lade herausgewachsen zu sein und dann nach Neukirch zu den Eltern und den zahlreichen Geschwistern zu müssen.

Aufregend auch der Lichtengang an frostkalten Winterabenden, wenn der Schneesturm um die Häuser fegte und das Bächel vorm Hause vor Kälte zu erstarren drohte, wenn die Rehe aus dem nahen Walde vor Hunger bis an die Hintertüre kamen, dann ging es «zu Lichten» in die Nachbarhäuser, ins wärmende Geknister niederbrennender Holzscheite im eisernen Kanonenofen, ins anheimelnde Licht einer flackernden Petroleumlampe und in die wohltuende Wärme gastfreundlicher Nachbarn.

Ein alter Brauch, geboren aus der Not der armen Hausweber in Sohland, Wehrsdorf, Taubenheim und den vielen anderen Dörfern unserer Oberlausitz, die einst alle bis ins zwanzigste Jahrhundert hinein Weberdörfer waren. Mit dem Niedergang der Hausweberei zu Ende des neunzehnten Jahrhunderts aber erlosch dieser Brauch, denn gewebt wurde jetzt in den Fabriken und nicht mehr daheim in der alten Blockstube. Auch die Petroleumlampen verabschiedeten sich nach und nach in den Häusern, denn das elektrische Licht hielt allerorten seinen Einzug.

Damals aber, als meine Großmutter klein war, lebte dieser Brauch noch, und man ging in den kalten Wintermonaten von November bis März «zu Lichten», um Petroleum und das eigene Feuerholz zu sparen. Dass dabei jeder selbst einmal zum Gastgeber wurde, war ein ungeschriebenes Gesetz und eine Selbstverständlichkeit für alle Lichtengänger. Selbstverständlich war es auch, sich «zu Lichten» Arbeit mitzunehmen, das Spinnrad oder das Spulrad oder auch nur eine Strickarbeit.

Gesellig saßen dann alle beisammen, gingen ihrer Beschäftigung nach, sangen und schwätzten dabei und erzählten sich das Neueste vom Dorf, wer dazugekommen und wer schon wieder davongegangen war, erzählten sich mit gedämpfter Stimme von Geistern und Dämonen, von Frauen mit dem bösen Blick und dem Reiter ohne Kopf, der in mondhellen Nächten ruhelos über Fluren und Felder galoppiert.

Meine Großmutter lauschte mit glühenden Wangen und konnte sich nicht satthören an den Schnurren und Geschichten, die zu vorgerückter Stunde immer schauriger, immer grusliger wurden. Manchmal schlief sie übermüdet und erschöpft auf der Ofenbank ein und wurde erst wach, wenn das letzte Scheit im Ofen verglüht war und die Lichtengänger zum Heimweg aufbrachen. Dann ging auch sie an der Hand der Großmutter nach Hause, und noch im Traum kamen ihr die Geschichten ein, die am Lichtenabend erzählt worden waren.

Diese Lichtenabende gehörten zu den schönsten Kindheitserinnerungen meiner Großmutter. Wenn sie davon erzählte, wurde sie selbst wieder zu dem kleinen Mädchen, das unter der sicheren Obhut der Großmutter die Welt erkundete, die von Wehrsdorf über Sohland bis Taubenheim reichte.

Ich ahnte damals nicht, dass mir ein halbes Jahrhundert später dieser längst vergessene Brauch noch einmal begegnen würde.

Es war kurz nach unserer Rückkehr in die alte Heimat. Ich glaubte mich verhört zu haben, als uns eine Nachbarin zur Fastnachtszeit zum Lichtengang ins Nachbardorf einlud. «Zu Lichtn gihn» – gab es das denn noch? Lebte dieser Brauch aus Großmutters Zeiten hier immer noch fort? Ich hielt das für unwahrscheinlich. In fremde Stuben zu gehen, um daheim Licht und Feuerung zu sparen, eine brotbringende Arbeit mitzunehmen, um die Zeit nicht müßig zu vertun – wer machte denn so etwas in unseren Zeiten noch. Doch dann wurde ich eines Besseren belehrt. Der Lichtengang, dieser uralte, aus der Not heraus geborene Brauch hatte hier längst eine Umwandlung erfahren und auf neue Weise seine Auferstehung gefeiert. Nicht die Armut, die Not und die Kälte waren es jetzt, was die Lichtengänger in der Winterszeit zusammenführte, sondern das Vergnügen, der Spaß und die Freude an nachbarlicher Geselligkeit. Weil seit eh und je die Fastnachtszeit in die kalten Wintermonate fällt, geht man jetzt verkleidet «zu Lichten», sucht sich einen Nachbarn, Bekannten oder Arbeitskollegen aus, meldet die Anzahl der Lichtengänger in einem anonymen Schreiben bei ihm an, damit er mit Essen und Getränken gut vorsorgen kann, und fällt dann mit Gefolge bei ihm ein, vermummt bis zu den Zehenspitzen und stumm wie ein Fisch, denn der neue Brauch will es so. Der Gastgeber muss dann durch Fragen, die nur mit Nicken oder Kopfschütteln beantwortet werden dürfen, herausfinden, wer seine Gäste sind. Hilfsmittel wie Berühren und Abtasten sind nicht erlaubt, dafür aber heizt der Gastgeber den Ofen mit Brennholz tüchtig an und den Lichtengängern mit Getränken tüchtig ein.

Ein Spiel, das viel Heiterkeit auslöst und sein befreiendes Ende erst findet, wenn einer, dem es zu heiß wird unter der Maskerade, sich zu erkennen gibt.

Dann beginnt der zweite Teil der Geselligkeit, es wird geredet, gelacht, erzählt, Neuigkeiten werden ausgetauscht und gleichzeitig wird ordentlich zugelangt, denn der Gastgeber hat an Speisen und Getränken nicht gespart, hofft er doch, beim nächsten Lichtengang ebenso bewirtet zu werden.

Der nächste Lichtengang! – Wird es ihn noch geben?

Als wir hier einzogen, vor mehr als zwanzig Jahren, war er noch in Mode, seitdem aber hat uns keiner mehr zum «Lichtngihn» mitgenommen, und auch keiner hat sich «zu Lichten» bei uns eingeladen. So wie um die Wende des neunzehnten Jahrhunderts der alte Brauch der Hausweber zu Ende ging, wird auch nach und nach der neue Brauch verloren gehen, denn das Auflösen alter Dorfgemeinschaften durch Wegzug und fehlenden Nachwuchs, das Überangebot an anderen Geselligkeiten, Vergnügungen und

Zerstreuungen, teils durch die Medien, teils durch Volksfeste und Veranstaltungen jeglicher Art, werden auch diesen Brauch eines Tages aus unserem Alltagsleben verschwinden lassen.

Für Taubenheim, Sohland und Wehrsdorf aber, die Kindheitsorte meiner Großmutter, wünsche ich mir, dass er noch eine ganze Weile weiterleben möge.

Der Fortsetzungsroman

Bis weit in die siebziger Jahre des vorigen Jahrhunderts hinein erschien er noch regelmäßig in unserer Tageszeitung und wurde immer mit Ungeduld erwartet und mit Spannung gelesen, der Fortsetzungsroman. Es waren unterhaltsame, aufregende, anrührende und heitere Geschichten, mit denen sich die weiblichen Wesen unserer Umgebung, unter ihnen auch meine beiden Mütter, die Abendstunden verschönten. Während die eine Socken stopfte oder Wäsche wiebelte, las die andere vor. Oftmals nahm auch ich an diesem Lesevergnügen teil. Da um diese Zeit meist Stromsperre war, saßen wir eng gedrängt beim blakenden Licht einer Karbidlampe, deren penetranter Geruch mir heute noch in unguter Erinnerung ist. Kam mein Vater nach Hause, musste die Lesestunde unterbrochen werden, denn die Zeitung gehörte jetzt ihm. Meist war das Kapitel noch nicht zu Ende gelesen und wir mussten mit dem Fortgang der Geschichte bis zum nächsten Tage warten. Da meine Mütter oft auch noch durch andere Misslichkeiten vom Lesen abgehalten wurden, vor allem, wenn Hausputz oder große Wäsche angesagt war, kamen sie auf die sinnvolle Idee, die Fortsetzungen aus der Zeitung auszuschneiden, sie mit Zwirnsfäden aneinanderzuheften und eine Art Broschüre anzufertigen. So konnten sie zu gegebener Zeit die Geschichte in Ruhe weiterlesen und den Anschluss zum aktuellen Teil wiederherstellen.

Manchmal besuchte uns Hofereiters Frieda, eine unverheiratete Freundin meiner Mutter, und erzählte uns, die wir der Handlung meist mehrere Fortsetzungen hinterher waren, den weiteren Verlauf. Als Ledige war sie Alleinbesitzerin der Zeitung und konnte sie ohne Unterbrechung druckfrisch und ungestört lesen, worum vor allem meine Mutter sie sehr beneidete. Denn während diese den Haushalt zu versorgen und sich ums Mittagessen zu kümmern hatte, saß ihre Freundin bereits schmökernd daheim auf dem Kanapee und beneidete ihrerseits meine Mutter um ihr abwechslungsreiches Familienleben, auch wenn bei uns nicht immer alles eitel Sonnenschein war, wie sie hin und wieder mitbekam. Aber nach ihrer Meinung war es besser, einen Mann im Hause zu haben als gar keinen Ärger. Sie selbst hatte ihren Bräutigam, den seligen Emil, noch vor der Hochzeit verloren. Er war nach einer durchzechten Nacht in tiefen Schlaf verfallen und einfach nicht mehr aufgewacht, wie sie uns jedes Mal, wenn die Rede darauf kam, unter Tränen berichtete. Sie habe danach noch einige Bewerber gehabt, aber alle hätten nicht das Niveau ihres seligen Emils besessen. Der eine sei in ständiger Geldnot gewesen und habe ihr den letzten Groschen aus der Tasche gezogen, der andere habe sich vor dem Essen nie die Hände gewaschen und auf ihre gut gemeinten Belehrungen frech erwidert, er esse ja nicht mit den Händen. Der Dritte gar habe in ihrem Beisein unanständige Töne von sich gegeben, so dass ihr jedwede Annäherung vergangen sei. Seither habe sie beschlossen, alleine durchs Leben zu gehen und ab und zu von unserem Leben mitzuleben. Das tat sie auch in regelmäßigen Abständen, besuchte uns vor allem in den Abendstunden, wenn Lesezeit angesagt war, brachte ihr Häkelzeug mit und hörte dem Vorlesen meiner Mütter zu, wobei sie mit Ausrufen wie «ach, wie schön» und «pfui, wie gemein» die Handlung unterbrach und manchmal sogar an besonders ergreifenden oder aufregenden Stellen die Zeitung meiner Mutter aus der Hand riss und theatralisch weiterlas. Sie verspürte einen inneren

Drang zum Deklamieren und Theaterspielen und wäre für ihr Leben gern Schauspielerin oder Sängerin geworden, aber es hatte sich nicht ergeben. Sie wäre auch gern als Baronesse oder Tochter aus vornehmen Hause zur Welt gekommen, doch ihr unguter Stern hatte sie ausgerechnet in diesen Ort zu diesen unfeinen bäurischen Leuten ins Leben geschickt. Und in der Tat waren ihre Eltern derbe, einfache Leute ohne musische Ambitionen und Sinn für Höheres.

Ihr Vater, den ich nur als mürrischen, mit sich und der Welt hadernden Mann in Erinnerung habe, arbeitete in unserem ortsansässigen Elektrizitätswerk, fläzte sich nach Feierabend aufs Kanapee, schikanierte seine Frau und war der Meinung, dass die Weiber, einschließlich der Mädchen, die er gezeugt hatte, zu nichts nütze seien außer zum Kinderkriegen und daher sehen sollten, so bald als möglich unter die Haube zu kommen. Die Mutter, eine resolute, praktisch veranlagte Person, die in ihren jungen Jahren noch mit dem Bauchladen über Land gezogen war, teilte zwar die Meinung ihres Mannes, war aber im Gegensatz zu ihm stets freundlich und zugänglich und hatte immer ein offenes Ohr für die Sorgen und Nöte anderer. Zu ihrer ältesten Tochter jedoch fand sie keinen Zugang, nannte sie eine überkandidelte, verdrehte Liese, die ständig auf der Suche nach Höherem sei und vergesse, woher sie komme. Für jegliche Arbeit fühle sich ihre Tochter zu fein und warte immer noch auf die große Liebe. Die «große Liebe», die es nicht gab, wie sie aus eigener Erfahrung wüsste, denn ihr Gustav habe sie gleich am ersten Abend auf dem Nachhauseweg vom Maientanz in den Straßengraben geschubst, ihr die Kleider vom Leibe gerissen und Liebe mit ihr gemacht oder das, was er darunter verstand. Außer Schmerz und Ekel habe sie nichts empfunden und daheim habe sie sich übergeben müssen. An dieser Stelle bat meine besorgte Mutter sie stets, nicht fortzufahren mit ihrer unerquicklichen Geschichte, da dies nichts für kindliche Ohren sei, wobei sie auf mich verwies, die ich begierig zuhörte. Jedoch es half nichts. Einmal in Fahrt, konnte diese vom Leben und der Liebe enttäuschte Frau nicht aufhören, ihre Lebensbeichte abzulegen, und so erfuhren wir zu gegebenen Anlässen immer wieder, dass sie ihre Älteste, diese mit Widerwillen Empfangene, auch mit Widerwillen geboren hatte und bis zum heutigen Tage mit Widerwillen betrachtete.

Und auch Frieda, die Unwillkommene, empfand eine ähnliche Abneigung gegen die Frau, die sie zur Welt gebracht hatte, und verschwand jedes Mal durch die Hintertür, wenn sie ihre Mutter auf unser Haus zukommen sah. Dass sie immer noch unter einem Dach mit ihr leben musste, war dem Umstand geschuldet, dass sie der «großen Liebe» noch nicht begegnet war, nach der sie sich so sehr sehnte, die das Leben aber für sie nicht vorgesehen zu haben schien. Es war daher kein Wunder, dass sie das, was sie bisher entbehrt hatte, in den Romanen suchte, die sie täglich aus der Zeitung ins Haus geliefert bekam. Sie litt, liebte, freute sich und trauerte mit ihren Romanfiguren und war ganz eins mit ihnen. Einmal kam sie tränenüberströmt zu uns gelaufen und berichtete uns, die wir wieder einmal mit der Handlung des Romans ein paar Fortsetzungen hinterher waren, dass der Geliebte, der Schuft, seine Braut verlassen habe. Fassungslos, mit zuckenden Schultern, weinte sie sich bei uns den ganzen Weltenschmerz von Verlassenwerden und Verlassensein von der Seele, während meine Mutter tröstend auf sie einsprach und versicherte, dass am Ende schon alles wieder gut werden würde, wie es in solchen Romanen zumeist auch der Fall war. Doch weder Trost noch Zuspruch halfen ihr, denn sie selbst fühlte sich als die Verlassene, Betrogene und schändlich Hintergangene. Alles, was ihr selbst im Leben widerfahren war, lebte sie auf diese Weise noch einmal durch. Wenn jedoch ihr Roman-Ich in Seligkeit schwelgte, dann schwelgte auch sie in Seligkeit und war mit sich und der Welt im Einklang. Wie leer und eintönig wäre ihr Dasein ohne diese Fortsetzungsromane gewesen. Sie gaben ihr Kraft und Halt gegen alle Widrigkeiten des Lebens und entführten sie in eine andere, schönere Welt.

Einmal, als ich vom Milchholen aus der Molkerei kam und die Gasse entlangging, in der sie wohnte, sah sie aus dem Fenster und rief mir schon von Weitem zu, die Herta ist gestorben, sag's nur daheim. Sie werden's noch nicht wissen.

Die Herta war meine Patentante und wohnte in der Hungervilla am Ende unserer Straße. Sie kränkelte des Öfteren, hatte mal dies und mal das, und wenn im Orte die Sterbeglocken läuteten, hieß es, jetzt lauten sie die Herta aus. Großmutter aber meinte dazu nur in ihrer trockenen Art, «war egoalfurt woas hat, dar wird hundeaalt». Aber nun war sie doch gestorben. Ich rannte so schnell ich konnte nach Hause, riss die Küchentür auf und rief Großmutter entgegen, die Herta ist gestorben, und du hast gesagt, wer immer was hat, wird hundealt. Großmutter sah mich mit entsetzten Augen an, legte den Zeigefinger an den Mund und wies mit dem Kopf zur Stube hin. Dort saß die Herta quicklebendig mit meiner Mutter und Tante Clara am Kaffeetisch und ließ es sich gut sein.

Da erst fiel mir ein, dass die Herta ja eine Figur aus dem Fortsetzungsroman war, aus dem meine Mütter und Hofereiters Frieda gerade lasen.

Von da an besuchte uns die Herta nicht mehr so oft, nur Hofereiters Frieda kam wie eh und je in den Abendstunden zu uns und lebte beim Schein der blakenden Karbidlampe ihr zweites, aufregenderes und besseres Leben.

Das Raaf

Auf einmal tauchten sie wieder auf, die versunkenen Wörter meiner Kindheit. Ich hatte sie längst verloren geglaubt. Aber mit unserer Rückkehr in die Oberlausitz haben sie sich wieder eingestellt, die alten vertrauten Redewendungen und Ausdrücke, diese lieben altmodischen Großmutterwörter, die eine Fußbank zum «Hitschl» machen, einen Bettbezug zur «Ziche», ein Stück Butter zum «Weckl» Butter, eine Scheibe Wurst zum «Rädl» Wurst und einen Bissen zum «Fiedl».

Auch das «Rämpftl», das ich immer bekam, wenn meine Mutter das Brot anschnitt, nennt man hier noch immer so und meint damit die abgerundeten Enden, die auf Hochdeutsch «Kanten» heißen.

Und als uns ein alter Handwerker seine zerschundenen «Kniebl» zeigte, hörte ich Großmutters Worte, wenn sie über Schmerzen in den Fingerknöcheln klagte und zu meiner Mutter sagte, «tu ock hinte de Wäsche alleene schweefn, mir tun wieder moal de Kniebl wih.»

Die Waschtage meiner Kindheit, wenn «gruße Wäsche» angesagt war, hatten schon etwas Beeindruckendes für mich, denn sie setzten den Alltag außer Kraft. Nichts war an diesem Tage so wie immer. Keine Mütter umsorgten mich, wenn ich hungrig aus der Schule kam. Kein Mittagessen stand auf dem Tisch, nur eine «Schniete» gab es, und wenn es hoch kam, standen ein paar «Brutabern a dr Ufnrihre». Keine fragte, wie es in der Schule gewesen war und was wir aufbekommen hatten. Ein Wrasen zog vom Waschhaus her die Kellertreppe hoch, und ein Geruch von alter Wäsche, Schweiß und Seifenlauge waberte mir entgegen. Das ganze Waschhaus war in Nebelschwaden gehüllt. Meine beiden Mütter standen mit hochrotem Kopf, das Haar klatschnass vom Wasserdampf, mitten in diesem feuchtwarmen Dunst und stampften mit hölzernen Löffeln die Weißwäsche im Kessel, bis sie Blasen schlug. Es gehörte fast schon zum Ritual, dass sie mir, sobald ich mich im Waschhaus sehen ließ, wie aus einem Munde zuriefen, schnell zu «Sunntsche zu huppn» und ein Päckl Imi oder einen Napf Schmierseife oder eine Wurzelbürste zu holen, denn immer gingen ihnen während des Waschvorgangs die Zutaten aus. – Erinnerungen, ausgelöst von einem einzigen verschütteten Wort. Und immer mehr Wörter und Ausdrücke fielen mir nach unserer Heimkehr zu.

Eine alte Bäuerin, die mit ihrem Mann auf dem «Gewitterbänkl» vorm Hause saß, sprach mich an, als ich mit dem Fahrrad vorbeifuhr, und hieß mich absteigen, weil sie mir ein paar Birnen geben wollte. «Tun Se ock moal eihemm, ich will Ihn' a poar Birn gahn», sagte sie in ihrer guten alten Mundart, und ich vermeinte, meine Großmutter reden zu hören. «Eihemm», seit Kinderzeiten hatte ich das Wort nicht mehr gehört. Und mit einem Mal überkam mich die Erinnerung an unseren alten Rollwagen, mit dem wir immer die Kachellieferungen vom Güterbahnhof abgeholt hatten.

Es war ein offener Wagen gewesen ohne Seitenwände. Neben dem stuhlähnlichen Fahrersitz befand sich linker Hand eine Kurbel, die als Bremse diente. Wir nannten sie «Hemme». Immer, wenn es mit der Lieferung die Bahnhofstraße abwärts ging, wurde an der Kurbel gedreht oder «geleiert», wie wir dazu sagten. Einmal, ich muss drei oder vier Jahre alt gewesen sein, denn mein Großvater lebte noch, hatten wir wieder eine Lieferung Meißner Kacheln vom Güterbahnhof abgeholt. Die Ware befand sich, bruchsicher in Holzwolle verpackt, in großen viereckigen Kisten, die auf dem Rollwagen übereinandergestapelt wurden und so ein hohes, turmartiges Gebilde ergaben.

Im guten Glauben, es könnte mir dort oben gefallen, setzte mich mein Vater auf die höchste Kiste, die schon beträchtlich schwankte, noch bevor der Wagen in Fahrt gekommen war. Großvater, der neben dem Wagen einherlief und mit der rechten Hand die Kisten stützte, sah mein ängstliches Gesicht und schimpfte mit meinem Vater, weil er mich so leichtsinnig der Gefahr ausgesetzt hatte. Da passierte es auch schon. Der Wagen kam die Bahnhofstraße abwärts in Fahrt, die Kisten kippelten hin und her, und mein Großvater rief ein ums andere Mal «eihemm, tut ock eihemm»!

Und auch ich schrie aus Leibeskräften «eihemm, eihemm!» und streckte Großvater schluchzend beide Arme entgegen, der mich an seiner breiten Brust sicher auffing.

Es war das erste Mal in meinem Leben, dass ich so etwas wie Todesangst verspürt hatte, und noch lange danach sah ich mich zuweilen im Traum auf hohen Türmen und Gerüsten, die einzustürzen drohten. Erst mein laut ausgestoßenes «eihemm, eihemm!» riss mich aus dem Traum. –

Und nun, über ein halbes Jahrhundert später hörte ich dieses Wort noch einmal, und gerührt bedankte ich mich bei der Bäuerin, die mir sinnend hinterherblickte.

Ein anderes längst vergessen geglaubtes Wort sprang mich gleich nach unserer Rückkehr an, das von meinen Müttern so oft benutzte Wort «Raaf». Ein «Raaf» war für sie ein böses, zänkisches Weib, eine Xanthippe, ein gemeines Frauenzimmer, das Streit und Zwietracht säte, ein Zankteufel, dem man am besten aus dem Wege ging.

Eine alte Frau stand am Gartenzaun und winkte mich zu sich heran. «Kumm Se ock moal har», rief sie mir zu, «ich muss Ihnen moal woas soin.» Sie reichte mir die Hand über den Gartenzaun, neigte ihren Kopf dicht an den meinen und flüsterte mir ins Ohr, «nahm Se sich ock vur dar Nubbern durt a acht, doas is a Raaf!» – Ein «Raaf!» Ich glaubte, mich verhört zu haben. Dieses uralte verschollene Wort lebte noch. Und wie von selbst kamen mit dem Wort die Erinnerungen zurück an die Zeit, da ich Kind war und von unserer Hausschneiderin, der vom Sohn verstoßenen Frau Brähm, oft dieses Wort zu hören bekam, wenn sie sich bei meinen Müttern über ihre Schwiegertochter, dieses «Raaf» beklagte.

Frau Brähm war eine vornehme, gepflegte Person, eine Gendarmenwitwe, die aus Thüringen stammte und in unseren Ort eingeheiratet hatte. Sie kleidete sich fein und städtisch, trug nie ein Kopftuch wie meine Mütter, ging nie in Holzpantoffeln und sprach auch unsere Mundart nicht.

Warum sie gerade dieses nur in unserer Gegend geläufige Mundartwort benutzte, wenn sie von ihrer Schwiegertochter, diesem «Raaf» sprach, ließ sich nicht erklären, nur vermuten. Wahrscheinlich klang dieses Wort in ihren Ohren so scharf und schneidend, dass sie keine bessere Bezeichnung für die Frau ihres Sohnes gefunden hatte. Bei jeder Zusammenkunft, Begegnung und Geselligkeit entwich dieses Schmähwort mindestens einmal dem Munde von Frau Brähm.

Weil das «Raaf von Schwiegertochter» ihr den Verkehr mit ihrer einzigen Enkeltochter untersagt hatte, gab sie ihre ganze Zuwendung mir und schenkte mir Dinge, die sie eigentlich ihrer Enkeltochter zugedacht hatte. Ihren Geburtstag feierte sie aus unerforschlichen Gründen zweimal im Jahr, einmal im Frühling und einmal im Herbst, und immer war neben meinen beiden Müttern auch ich mit eingeladen und musste mit ihr und ihrem Damenkränzel einen ganzen Nachmittag lang Geburtstag feiern. Diese Geburtstage zeichneten sich durch ein Höchstmaß an Langeweile und Fadheit aus. Die Kränzeldamen saßen steif und feierlich am festlich geschmückten Ausziehtisch, mampften genüsslich Frau Brähms Geburtstagsbäbe in sich hinein und unterhielten sich dabei über Strickmuster und Backrezepte. Meist verbrachte ich die Zeit auf dem Fensterbrett und sah hinab auf die Straße, die tief unten vorbeizog und über eine Brücke führte, unter der die Eisenbahn hindurchfuhr. Das war das Beste an Frau Brähm, dass sie so hoch oben wohnte und ihr Geburtstagszimmer einen erkerartigen Vorbau hatte, wo ich ungestört sitzen und aus dem Fenster schauen konnte. Die gute Frau Brähm brachte mir dann jedes Mal ein Stück Bäbe aufs Fensterbrett, das ich jedes Mal ablehnte, weil ich mir nichts aus ihrer Bäbe machte, sondern viel mehr aus ihren selbst gemachten «Krokantpralinees», ein in den Kriegsjahren erfundenes Notkonfekt, das sich aus einem Gemisch von Haferflocken, klarem Zucker und ausgelassenem Fett zusammensetzte und auf dem Herd geröstet wurde. Eine Köstlichkeit, die Frau Brähm in einer kristallenen Konfektdose aufbewahrte und die nur für mich bestimmt war, da dieses Gebräu so hart und klumpig war, dass sich Gebissträger die Zähne daran ausgebrochen hätten. Für mich aber waren Frau Brähms Krokantpralinees die Krönung all ihrer Geburtstagsfeiern, und ich bangte jedes Mal, ob der Vorrat für mich noch reichte.

Als ich in späteren Jahren einmal dieses Wunderkonfekt nachbraute, verstand ich nicht mehr, was ich daran so ergötzlich gefunden hatte. So ändern sich die Zeiten.

Wann und wo Frau Brähm gestorben ist und wie alt sie war, weiß ich nicht mehr. Für mich blieb sie immer eine Frau um die sechzig, all die Geburtstage hindurch, die ich bei ihr gefeiert habe, denn sie hatte ein altersloses Gesicht, als wäre es irgendwann einmal stehengeblieben. Es war nicht jung und auch nicht alt; es war nur abgenutzt. Ihre rosigen Wangen, die sie zuweilen puderte, durchzogen winzige Äderchen und um die Oberlippe strichelten feine Fältchen zur Nase hin, während sich die Mundwinkel leicht nach unten neigten. Das Markanteste an ihrem Gesicht aber war die erbsengroße fleischige Warze am linken Nasenflügel.

«Verguck dich nicht», warnte mich meine Mutter, wenn ich wieder einmal allzu lange Frau Brähms Warze betrachtet hatte, «sonst kriegst du auch so was.»

Und tatsächlich wuchs mir eines Tages eine Warze am Knie, die mir meine Freundin Lore mit einem Zwirnsfaden abband, bis sie schwarz wurde und eines Tages abfiel. Seitdem mied ich es, Frau Brähm so ungeniert ins Gesicht zu starren.

Als ich vierzehn wurde, schenkte sie mir eine Silberkette mit einem silbernen Medaillon, auf dessen Vorderseite ihre Initialen eingraviert waren. Ich besitze sie heute noch.

Ein paar Jahre später schon verschwand sie aus meinem Leben. Ich ging zum Studium und Frau Brähm ins Altersheim. Sie weinte, als sie von uns Abschied nahm und übergab uns einen Brief an ihren Sohn. Er meldete sich nie. Für mich stand fest, schuld daran war das «Raaf», das ihr den Sohn abspenstig gemacht hatte.

«Raaf hie, Raaf har», sagte die Großmutter, «'s warn wull beede schuld senn.»

Mehr als ein halbes Jahrhundert ist seitdem vergangen. Wie weit liegt das alles zurück, und nun genügte ein einziges Wort, um alles wieder lebendig werden zu lassen.

Ich reichte der alten Frau die Hand übern Gartenzaun und bedankte mich für ihre Warnung, doch im Weggehen dachte ich bei mir, «Raaf hie, Raaf har, 's warn wull beede schuld senn.»

Aufgehobenes

Leute, die kein Krümel Staub
auf den Fußboden fallen lassen, verstreuen
oftmals auch kein Krümel Herzlichkeit.

Jeder möchte erkannt –
keiner durchschaut werden.

Das Wunder unseres Jahrhunderts:
Man bleibt stumm, wenn man redet,
und taub, wenn man zuhört.

Mit der Verfeinerung der Technik
vergröbern sich unsere Sinne.

Komplexe sind wie Flöhe, man wird sie erst los,
wenn man sie einem anderen vermachen kann.

Wer zu hastig trinkt, merkt erst
am Nachgeschmack, was er getrunken hat.

Das Wannenbad

Von meinen drei Heimatorten konnte sich nur einer mit einem «Städtischen Wannenbad» rühmen, das sich im Keller der Turnhalle befand und von Alt und Jung, von Einheimischen und Nachbardörflern gleichermaßen angenommen und benutzt wurde. Die Turnhalle stand zwar auf Spremberger Flur, gehörte aber den Neusalzaern ebenso, denn dieses Bauwerk war erst nach der Zusammenlegung beider Orte im Jahr neunzehnhundertzwanzig entstanden. Die Idee, gleich ein Wannenbad mit einzubauen, kann nur von einem geschäftstüchtigen Stadtrat eingebracht worden sein, der wusste, wie sehr seine Gemeindemitglieder auf Reinlichkeit bedacht waren und lieber einmal in der Woche fünfzig Pfennige opfern würden, als jeden Freitag die große Zinkwanne aus dem Keller zu schleppen und kübelweise Wasser auf dem Herd fürs Baden anzusetzen. – Und er hatte sich nicht geirrt, das Wannenbad in der Turnhalle erfreute sich an jedem Wochenende eines regen Verkehrs und lockte sogar die Taubenheimer, Oppacher, Beiersdorfer, Schönbacher und Friedersdorfer an. Besonders am Freitag war der Andrang groß. Im halbdunklen, nur spärlich erleuchteten Kellerraum saßen die Badewilligen auf Hockern und Klappstühlen und warteten geduldig, sich dabei gegenseitig die neuesten Dorfereignisse mitteilend, auf das Aufrufen ihrer Nummer. Neben diesen unterhaltsamen Neuigkeiten, die während des Wartens ausgetauscht wurden, gab es auch anderes, was den Besuch im Wannenbad zu einem zusätzlichen Gewinn machte und das Verlangen danach immer wieder schürte, denn hier fand so mancher seine Herzensdame, mit der er nicht nur die Wanne, sondern auch sein Leben teilte. Sogar geschäftliche Beziehungen wurden hier nicht selten geknüpft. Die oftmals lange Wartezeit im schummrigen Kellerraum bot sich dafür geradezu an.

Sobald eine Zelle frei geworden war, eilte die Badefrau mit Wischlappen und Seife herbei, um die Wanne zu reinigen, Spritzer und Pfützen wegzuwischen und nachzusehen, ob nichts liegen geblieben war. Für Ehepaare gab es auch ein Doppelbad mit zwei sich an den Wänden gegenüberstehenden Wannen.

Soweit ich mich erinnern kann, wurde dieses Doppelbad nur von Geschwistern und älteren Ehepaaren benutzt.

Auch für mich war es immer ein Ereignis besonderer Art, wenn meine beiden Mütter mir erlaubten, ins Wannenbad zu gehen. Sie selbst aber gingen nie dorthin, sondern badeten daheim in unserer Küche und nahmen lieber die aufwendige Prozedur des Zubereitens in Kauf, als ihre kostbare Zeit in diesem «neumodschen» Wannenbad zu verbringen. Und so genossen sie an jedem Freitag Abend ihr selbst gemachtes Badevergnügen.

Es fand immer nach demselben Ritual statt: Zuerst wurde der Küchenherd angeheizt, bis die Eisenringe glühten und das Wasser in Topf und Pfanne zum Kochen brachten. Dann wurde die Wanne in die Küche geholt. Davon hatten wir drei zur Auswahl: eine große, sargähnliche Zinkwanne, die am Kopfende breit, am Fußende aber schmal war und dem Badenden keine Möglichkeit bot, sich darin herumzudrehen, zu plantschen oder gar sich drin zu wälzen, eine gravierende Unzulänglichkeit, die mit Ausnahme von mir aber keinen störte.

Die zweite Wanne, eine etwas kleinere, ovale, mit Griffen an den Längsseiten und einem markstückgroßen Schraubverschluss am Wannenboden zum Ablassen des

Wassers, war mir zwar lieber, kam jedoch seltener zum Einsatz. An warmen Sommertagen aber wurde sie in den Garten gestellt, wo sie mir und meiner Freundin Lore als Badespaß diente, meinem Vater hingegen am Abend als Gießwasserlieferant.

Die dritte Wanne schließlich war eine Sitzbadewanne, deren Benutzung einzig und allein meinen beiden Müttern vorbehalten war und die mir nur im Ausnahmefall verordnet wurde, wenn ich erkältet war und Ficber hatte. Ich musste dann mit angewinkelten Knien in der Wanne hocken und unter einem Badetuch heiße Kräuterdämpfe einatmen, bis mir der Schweiß aus allen Poren trat und salzige Tropfen von der Stirn in meine Augen rannen, eine Prozedur, die mir ein für allemal diese Sitzbadewanne vergraulte. Heute steht sie in unserem Garten und erfreut uns in den Sommermonaten mit einer farbenfrohen Blütenpracht. Und auch die ovale Wanne haben wir durch die Jahre mitgeschleppt und nutzen sie heute, wie vorzeiten mein Vater schon, als Gießwasserspender. Sie erinnert mich im Vorübergehen immer an die Zeit, da freitags bei uns noch gebadet wurde.

Ich war stets die Erste, die in die Wanne steigen und so lange darin verweilen durfte, bis das Wasser lauwarm geworden war. Dann erst wurde für den Nächsten nachgefüllt, während ich in ein Frotteehandtuch gewickelt und aufs Kanapee verfrachtet wurde, wo es mir strengstens untersagt war, mich nach den Badenden umzusehen. Nie entkleideten sich meine Mütter in meiner Gegenwart oder zeigten sich gar nackt vor mir. Sie hatten sogar zum Schutz vor meinen Blicken von einer Küchenecke zur anderen eine Leine gezogen und sie mit Bettlaken behangen, hinter denen sie sich auszogen und badeten. Auch mein Vater, der als Letzter in die Wanne stieg, badete auf diese Weise und gab mir zu verstehen, dass er es lieber sähe, wenn ich mich «derweile» draußen aufhielte, was ich stets mit der Begründung ablehnte, dass ich noch nicht trocken sei. Insgeheim aber hoffte ich, eines Tages doch noch etwas von diesen Heimlichkeiten zu erhaschen, die sie mir so schamhaft vorenthielten. Doch es gelang mir nie.

Eher schon gelang mir das im Wannenbad, wenn die Badefrau den Badenden daran erinnerte, dass die Zeit längst verstrichen sei, wobei sie in hartnäckigen Fällen die Tür von außen öffnete. Ich nutzte dann den kurzen Moment und lugte durch den Türspalt. Mehr als einen nassen Kopf aber, der aus der Wanne ragte, war mir meistens nicht vergönnt zu sehen. Trotzdem gab ich die Hoffnung nicht auf, eines Tages doch noch etwas Sündhaftes im schmalen Spalt der geöffneten Tür zu erblicken.

Manchmal durfte auch meine Freundin Lore mit ins Wannenbad; das waren dann Glücksmomente, die wir miteinander teilten. Schon die große, breite, emaillierte Wanne war ein Ereignis für sich. Wir ließen das Wasser, das uns die Badefrau eingefüllt hatte, noch eine Weile weiterlaufen, um dann darin unterzutauchen. Wer am längsten tauchen konnte, durfte das orangefarbene Fichtennadelsalz, das wir in Form einer handtellergroßen Tablette bei der Badefrau gekauft hatten, in der Wanne versenken. Es löste sich sprudelnd im Wannengrund auf, stieg in kleinen Kristallen nach oben und gab dem Badewasser eine gelblich grüne Färbung.

Meine Großmutter hatte mir zum Baden eine Wurzelbürste mitgegeben, mit der ich mir den «Huf» wegschrubben sollte, den ich durchs viele Barfußlaufen bekommen hatte.

Mit «Huf» meinte sie die Hornhaut, die auch ihre Füße und sogar beide Knie überzog, denn meine Großmutter wischte und scheuerte das ganze Haus nur auf den Knien. Stielbesen und Schrubber waren nach ihrem Dafürhalten nur was für «faule Fetzel». Wie wollte man in alle Ecken und Ritzen gelangen, wenn man so von oben herab dem Schmutz zu Leibe rückte. Eher fand sich meine Großmutter mit dem Huf ab, den sie dabei bekam, und schließlich gab es ja für Spätfolgen die Wurzelbürste, Großmutters Verbündete im Kampf um Reinlichkeit.

Doch anstatt dieser viel gepriesenen Wurzelbürste bedienten wir uns lieber der klitschigen Schwimmseife, die es in den Kriegsjahren auf Zuteilung gab, eine rosagelbliche, luftgefüllte Masse, die sich eher zum Spielen eignete als zum Waschen. Und so erklärten wir diese seltsamen Gebilde zu Tauchbooten, drückten sie auf den Wannengrund und hielten sie mit dem großen Zeh so lange unter Wasser, bis sie von selbst nach oben schnellten. Sieger war immer der, dessen Boot am längsten unter Wasser blieb. Auch Seifenblasen zerplatzen lassen war ein Spiel, mit dem wir uns eine ganze Weile beschäftigen konnten.

Meist überzogen wir bei dieser Art Badevergnügen die Zeit und mussten von der Badefrau ermahnt werden, die Wanne endlich zu verlassen.

Wenn ich dann erlebnissatt und frohgemut nach Hause kam, fragte mich die Großmutter jedes Mal, womit wir uns im Bad die Zeit vertrieben hätten. «Mit Woaschen bestimmt ne», sagte sie und verwies auf meine Fußsohlen, die immer noch «Huf» hatten.

Doch nicht nur beim Baden vertrieben wir uns die Zeit. Es war ebenso kurzweilig und interessant, im Vorraum zu sitzen, den Wartenden bei ihren Gesprächen zuzuhören und die Neuankömmlinge zu betrachten, die meist zu zweit den Raum betraten, Freunde, Geschwister oder Ehepaare waren. Es gab aber auch Einzelgänger wie den fidelen Tischlergesellen aus Schönbach, der regelmäßig das Wannenbad besuchte und zu unserer Erheiterung immer einen Rucksack mit sich trug, aus dem der lange

Stiel einer Rückenbürste lugte. Er war ein gesprächiger, humorvoller Typ, der den ganzen Warteraum mit seinen Späßen unterhielt, Lore und mich Max und Moritz nannte und von der Badefrau wissen wollte, ob sie ihm für «fünfzig Witze und freien Zutritt» den Rücken schrubben würde, was diese amüsiert verneinte. Wir freuten uns jedes Mal, wenn wir diesen Spaßvogel im Wannenbad antrafen, denn keiner konnte uns die Wartezeit so gut verkürzen wie er.

Das ganze Gegenteil von ihm war ein Berufsschullehrer aus unserem Ort, ein geschniegelter, selbstgefälliger Gockel, der mit seinen Beschwerden die Badefrau zur Weißglut brachte. Mal war die Wanne nicht sauber genug, mal das warme Wasser nicht warm genug. Immer musste er zu lange warten, immer war der Badeofen im Vorraum nicht richtig geheizt und das Fenster in der Zelle nicht richtig geschlossen. Und dass zwei Mädchen in einer Wanne badeten, fand er anstößig und höchst bedenklich. Wir gingen ihm daher, so gut wir konnten, aus dem Wege. Doch dann geschah etwas, was uns von einem Tag zum anderen von ihm befreite. Denn ein ungeheurer Vorfall hatte sich an einem Freitagabend im Wannenbad ereignet, ein Skandal, der sich wie ein Lauffeuer im Ort verbreitete und manche zu Lachausbrüchen, andere zu Entrüstungsstürmen hinriss. Auslöser war ein Schrei gewesen, ein Schrei aus einer Badezelle, ausgestoßen von einer Neulehrerin, die beim Entkleiden ein Männergesicht gesehen hatte, das über die oben offene Trennwand der Badezelle gelugt hatte, eine Schandtat, die nicht ungesühnt bleiben konnte.

Der Lüstling war schnell gefunden, denn die Badefrau konnte ihn noch auf frischer Tat ertappen, als er gerade dabei war, den Hocker, den er dazu benutzt hatte, wieder an den rechten Ort zu stellen. Jedem anderen hätte man diese Lüsternheit zugetraut, vielleicht auch verziehen, aber einem sittenstrengen Berufsschullehrer nicht. Die Empörung war entsprechend groß. Alle weiblichen Wesen, die Stammgäste im Wannenbad waren, glaubten sich ebenso von ihm beobachtet wie die bedauernswerte Neulehrerin, denn wie es schien, war es nicht das erste Mal, dass arglose Damen von ihm beim Baden beobachtet worden waren. Noch peinlicher aber war es für die Frau des «Nacktguckers», wie dieser Mann von Stund an genannt wurde, denn die Witze, die seitdem im Ort die Runde machten, trafen auch sie. Dass sie dennoch bei ihm blieb und ihm verzieh, muss für sie ein Ritt durch die Hölle gewesen sein. Die mitleidigen Blicke, wenn sie durch den Ort ging, die Tuschelein und versteckten Anspielungen waren demütigend und verletzend zugleich. Ihr Mann hingegen erholte sich schnell von diesem Vorfall, stolzierte gockelhaft wie eh und je durch den Ort und behauptete dreist, ein anderer sei es gewesen.

Das Wannenbad aber besuchte er zu Lores und meiner Genugtuung niemals mehr.

Der geheimnisvolle Koffer

Eines Morgens, als ich aufwachte und die Bodentreppe herunterkam, stand er da, der Koffer, im dunklen Korridor, und ich wäre beinahe über ihn gestolpert. Es war ein riesiger Koffer, ein Bahnkoffer mit Holzbügeln ringsherum. Ich zwängte mich zwischen Flurgarderobe und Koffer zur Küche durch und fragte meine Mütter, ob wir Besuch bekommen hätten. Beide Mütter schwiegen. Die eine stand am Herd und kochte Mehlsuppe für mich, die andere stand am Küchentisch und machte den Hühnern ihr Futter zurecht. Schließlich drehte sich meine Mutter um und gab mir eine trockene Schnitte zum Fiedl Einbrocken in die Suppe. Dass du nichts rumerzählst, sagte sie, während sie mir den Teller mit der Suppe zuschob.

Und Großmutter, die bisher geschwiegen hatte, fügte erklärend hinzu, dan Kuffer, dan hoat dei Voater naajchtns beim Skoat gewunn.

Mein Vater hatte schon mancherlei beim Skat gewonnen, eine Seite Speck, einen ganzen Schinken, ein Kaninchen, Tauben und einmal sogar ein Zickel. Aber einen Koffer von diesem Ausmaß hatte er noch nie gewonnen. Und noch dazu einen vollen, der so schwer war, dass er sich nicht vom Fleck gerührt hatte, als ich an ihn gestoßen war. So etwas Großes und Schweres gewann man nicht einfach so beim Skat. Ich war elf und ließ mir nicht mehr alles einreden. Ich machte mir meine eigenen Gedanken und fand, dass es etwas Verbotenes, Geheimnisvolles, vielleicht sogar Strafbares sein musste, was sich in dem Koffer verbarg.

An diesem Tag ging ich nicht aus dem Haus, beäugte interessiert den Koffer und wartete auf den Eigentümer oder auf ein anderes rätselhaftes Ereignis. Doch nichts geschah.

Erst gegen Abend kam mein Vater mit einem Mann nach Hause, den ich bisher in unserem Ort noch nie gesehen hatte, und stieg mit ihm die Bodentreppe hinauf. Nach einer Weile der Besichtigung kamen sie zurück und schleppten gemeinsam den kolossalen Koffer hinauf, den sie auf halber Höhe hochkant nehmen mussten, weil er nicht um die Treppenwindung ging. Mir war, als hätte ich ein leises Klirren im Koffer vernommen, und neugierig huschte ich den Männern hinterher. Der schwierigste Teil stand ihnen noch bevor, denn mein Vater hatte die Luke geöffnet, die hinauf zum Spitzboden führte, und versuchte nun gemeinsam mit dem Fremden, den Koffer durch diese kleine viereckige Öffnung zu zwängen, eine Aufgabe ähnlich der Quadratur des Kreises. Schließlich musste ein Lukenbrett herausgesägt werden. In der Nische hinterm Schornstein fand dann das geheimnisvolle Stück seinen Platz. Fast dreißig lange Jahre sollte es dort verweilen. Doch das ahnte damals keiner.

Der Krieg war gerade erst zu Ende, es war im September fünfundvierzig. Alles ging noch drunter und drüber. Verwundete, Heimkehrer und Besatzer zogen ziellos durch unseren Ort, Flüchtlinge lagerten in Baracken und anderen öffentlichen Räumen und allerorten wurde geplündert und gestohlen. Die Schule war noch immer geschlossen und wir Kinder streunten müßig umher.

Unter der Parole «Junkerland in Bauernhand» wurden in jenen Tagen Großgrundbesitzer entschädigungslos enteignet und ihr Land an Kleinbauern, Landarbeiter und Flüchtlinge verteilt. Alle Rittergutsbesitzer wurden mit ihren Familien von ihrem Grund und Boden vertrieben, mussten ihre Schlösser und Landsitze verlassen und wurden mit Güterzügen in andere Gegenden verbracht, wo sie angesiedelt werden sollten. Manche traf es unverhofft, andere hatten es geahnt und in weiser Voraussicht einige Wertsachen heimlich bei Verwandten und Bekannten sichergestellt. Auf diese Weise muss auch der Koffer zu uns gelangt sein. Wer sein Besitzer war, erfuhren wir von meinem Vater nie. Dieser geheimnisvolle Koffer konnte aus einem Schloss oder Rittergut stammen, aber auch aus einer Fabrikantenvilla, denn auch Fabrikanten wurden enteignet oder verließen aus eigener Entscheidung ihren Besitz. Selbst die Arztvilla in unserem Ort war enteignet worden und diente den Besatzern als Kommandantur.

Möglich, dass der Koffer aus der Arztvilla stammte, rätselte meine Großmutter, möglicherweise aber vom Rittergut oder vom Friedersdorfer Schloss, sinnierte meine Mutter, während ich der festen Überzeugung war, der Koffer könne nur aus einem Russenmagazin gestohlen worden sein, so groß und gewaltig wie er war.

Mein Vater lächelte nur zu unseren Vermutungen, wissend und verschmitzt, und warnte uns, je ein Sterbenswörtchen über den Koffer zu verlieren. In Kürze schon würde der Besitzer kommen und sein Eigentum zurückholen.

In Kürze passierte vieles, Schlösser wurden verlassen, Grundbesitz wurde enteignet, Fabrikanten erschossen sich, Flüchtlinge siedelten sich bei uns an und die Schule ging wieder los. Doch nach dem Koffer fragte keiner. Ein Jahr ums andere verging, und nur manchmal noch, wenn irgendeiner etwas auf dem Spitzboden zu suchen hatte, flackerte kurz eine Erinnerung an ihn auf und die Frage, wem er gehören könnte, stand wieder im Raum. Mein Vater, sonst zugänglich und mitteilsam, schwieg eisern, sobald die Rede darauf kam. Er hatte jemandem sein Ehrenwort gegeben und Ehrenworte brach man nicht.

Nur einmal erlauschte ich im Gespräch meiner Eltern, dass der Koffer von «feinen Leuten aus Oppach» stamme.

Ich hatte meine frühen Kinderjahre in Oppach verlebt und kannte mich dort aus. Feine Leute gab es viele hier, sie wohnten in Villen und Landhäusern wie der Fabrikbesitzer Horn und der Doktor Sticherling. Und ganz Feine wohnten im Schloss und hießen Adlige. Für mich stand von da an fest, dieser gewaltige Koffer mit dem klirrenden Inhalt konnte nur aus dem Oppacher Schloss stammen. Doch kein Schlossherr kam und forderte ihn zurück.

Ein Jahr ums andere verging; mein Vater bekam graue Haare, meine Mütter bekamen ein Gebiss und ich bekam eine frauliche Figur. Und noch immer stand der Koffer auf dem Spitzboden hinterm Schornstein und wartete auf seinen Eigentümer.

Die Geduld meiner Mütter war zu Ende und sie baten meinen Vater, den Koffer endlich zu öffnen. Doch alles Bitten und Betteln war vergebens. Ein ganzes Jahrzehnt war seitdem vergangen, der Eigentümer war vielleicht schon verstorben oder lebte anderswo in der Welt und hatte den Koffer längst vergessen, und wir saßen hier und trauten uns nicht, ihn zu öffnen. Bestimmt waren Wertsachen drin, Perlen, Schmuck und Geschmeide, alles Dinge, die wir in Lebensnotwendiges hätten veräußern können. Denn noch immer waren Lebensmittel knapp oder in den HO-Läden nur für teures Geld zu bekommen, noch immer gab es Stoffe nur auf die Kleiderkarte und noch immer fehlten Großmutter Dachziegel zum Reparieren der Schäden, die durch die Brückensprengungen entstanden waren. Oh, was hätten wir für den Kofferinhalt alles eintauschen können.

Nur über meine Leiche, verkündete mein Vater, und sein Blick verriet uns, dass es ihm ernst damit war. Obwohl mein Vater es mit Recht und Gesetz nicht immer so genau nahm, hatte er zwei Grundsätze, die er ein Leben lang befolgte und die er in zwei Sätzen zum Ausdruck brachte: «Ehrenwort ist Ehrenwort» und «Von einem Verräter frisst kein Rabe». Nach diesen Grundsätzen handelte er und keine Macht der Welt hätte ihn davon abbringen können. So kam es, dass der Koffer auch weiterhin sein klägliches Dasein hinterm Schornstein fristete.

Erst als keiner mehr da war im Haus meiner Kindheit und ich die Räume freimachen musste für den neuen Eigentümer, fiel mir der Koffer wieder ein, aber es gab keinen Schlüssel, um ihn zu öffnen. So brachen wir ihn einfach auf und staunten nicht schlecht, was wir da zutage förderten. Anstatt der erhofften Perlen und Geschmeide fielen uns große, schwere Gehänge aus Bleikristall entgegen, die von einem Kronleuchter stammten. Tropfenähnliche Kristallgebilde hingen aufgefädelt an geschliffenen Perlenschnuren, kristallene Kerzen, die in Messingschalen steckten, lagen gut verpackt im Koffergrund. Kein Zweifel, was wir da sahen, war das Zubehör zu einem hochherrschaftlichen Kronleuchter. Nur das Messingteil fehlte, an dem die Kerzen und Behänge angebracht gewesen waren. Es musste wohl in einem anderen Koffer aufbewahrt sein. Der kluge Eigentümer hatte so verhindern wollen, dass der Leuchter als Ganzes veräußert werden konnte.

Irgendwo auf einem Hausboden oder in einem Kellerraum schlummert vielleicht noch immer das ergänzende Teil oder dämmert auf einer Schutthalde dahin.

Manchmal aber, wenn ich am leer stehenden Oppacher Schloss vorübergehe, suche ich mit den Augen die Fensterreihen ab und überlege, hinter welchen Scheiben der Leuchter einst gehangen haben könnte.

Falläpfelzeit

Jedes Jahr zur Apfelreife, wenn die Straßenbäume ihre Last nicht mehr halten können und die Gräben am Wegrand mit Fallobst zuschütten, wenn die Kinder Fußball damit spielen und die Autos sie achtlos zu Brei zermalmen, dann fallen mir die Hungerjahre meiner Kindheit ein, wo ein Apfel ein köstliches Mahl war. Meine Mütter verarbeiteten sie körbeweise zu Mus und Brotaufstrich, machten Suppen und Kuchenbelag daraus oder trockneten sie, in Scheiben und Ringe geschnitten, in unserer Ofenröhre. Sie nannten das «abbacken». Noch heute erinnere ich mich an den würzigen, leicht säuerlichen Geruch der «Abgebackenen», die meine Großmutter in Leinensäckchen füllte und in unserer Bodenkammer einlagerte. Dort, auf braunem Packpapier, bewahrten wir auch unsere Winteräpfel auf, den Boskop und die Goldparmäne und meine Lieblingssorte: den Warzenapfel vom Ackerapfelbaum. Dieser Apfelbaum stand mitten in unserem Kartoffelacker am Ende des Gartens, seine Früchte waren graugrün und hatten hässliche rostbraune Flecken, die sich warzenähnlich von der Schale abhoben. Es war der unansehnlichste Apfel weit und breit, aber sein Geschmack war einzigartig, würzig und herbsäuerlich und doch von einer unaufdringlichen Süße, die sich erst beim Kauen entfaltete. Sein Duft nach Sommertagen und Ackererde erfüllte unsere ganze Bodenkammer. Was ihm an Schönheit abging, gewann er durch seinen außergewöhnlichen Geschmack und seine Fähigkeit, allen Unbilden der Lagerung zu widerstehen. Denn er war der einzige Apfel aus unserem Sortiment, der weder verfaulte noch erfror und bis in den frühen Sommer hinein genießbar war. Zwar ähnelte er dann keinem Apfel mehr, sondern glich eher einem verschrumpelten Greisengesicht, fahlgrau und runzlig, aber sein Geschmack war noch besser geworden, süßer und aromatischer.

Meine Angewohnheit, einen Apfel auch heute noch mit «Strunk und Stiel» zu verzehren, stammt aus jener Zeit. Ich erinnre mich, dass ich heimlich in Großmutters Bodenkammer einen Apfel nach dem anderen herunterschnurpste. «Dir wird no moal dr Bauch ploatzn», war ihr Kommentar, wenn sie mich dabei erwischte.

Im ersten Sommer nach dem Krieg aber trug mein Ackerapfelbaum nicht, und auch die anderen Apfelbäume, bis auf den Holzapfelbaum, setzten aus. Der Holzapfel aber war zu nichts nütze außer zum Spielen. Man konnte mit angespitzten Stöckchen die kleinen kugligen Früchte als Wurfgeschosse benutzen, mit denen man die gegnerische Mannschaft in die Flucht jagte, man konnte auch mit den glänzend grünen Früchten Verkaufen spielen oder Ketten aus ihnen basteln. Nur essen, essen konnte man sie leider nicht, denn ihr Fruchtfleisch war holzig und von bitter-süßem Geschmack.

Doch nicht nur wir, auch unsere Nachbarn hatten keine Äpfel auf ihren Bäumen, einzig die Alleebäume entlang der Bahnhofstraße und die Bäume auf der Gemeindewiese, die sich links der Straße bis zum Bahnhof hin erstreckte, trugen gegen alle Regeln der Naturgesetze ihre Früchte wie eh und je. Gemeindefrüchte, Gemeindefallobst, das wir nicht aufsammeln durften, denn es war Eigentum der Stadt. Dennoch holten wir uns hin und wieder, wenn wir sicher sein konnten, dass der Flurschutz nicht gerade Streife lief, einen Korb voll Fallobst von den Gemeindewiesen. Dieser Flurschutz war eine Folgeerscheinung des Mundraubes, der seit dem Kriegsende in

Mode gekommen war. Überall wurde eingebrochen, gestohlen, Kaninchenställe wurden leer geräumt, Felder geplündert, Tabakstauden entwendet und Kohlen geklaut. Um dieser Selbstbedienungsgepflogenheit, die zu einer Landplage geworden war, Einhalt zu gebieten, wurden aus der Bevölkerung Schutztruppen zusammengestellt, die besonders in den Abendstunden durch Kontrollgänge den Dieben das Handwerk legen sollten. Solche Schutztruppen bestanden in der Regel aus dem Rest wehrhafter Männer, der aus dem Krieg noch übrig geblieben war. Mein Vater mit seinem zerschossenen Arm gehörte nicht dazu. Trotzdem fühlte er sich eines Tages um der Gerechtigkeit willen berufen, als Flurschützer in Erscheinung zu treten. Denn mein Vater hatte es mit der Gerechtigkeit, und wenn sie nicht von selber wirksam wurde, hielt er es durchaus für rechtens, helfend einzugreifen.

Es war im Spätsommer fünfundvierzig, im Altweibersommer, wie wir diese Zeit nannten, als mein Vater sich wieder einmal aufmachte, um ausgleichende Gerechtigkeit herzustellen. Es ging um einen Rucksack voller Falläpfel, der einer armen Flüchtlingsfrau gestohlen worden war. Sie saß schluchzend in Großmutters Küche, ihr «Jüngl», wie sie ihren halbwüchsigen Sohn nannte, liebevoll an sich gepresst, und klagte uns ihr Leid. Sie hatte auf der gemeindeeigenen Obstbaumwiese Äpfel aufgesammelt, als ihr eine Horde Einheimischer die Äpfel samt Rucksack entrissen hatte. Jener Rucksack und ihr Jüngl waren das Einzige, was ihr in diesem Leben noch verblieben war. Sie hatte im Krieg und auf der Flucht alles verloren, ihren Mann, ihre Eltern und ihre ganze Habe.

Seit dem Frühjahr besuchte sie uns regelmäßig, half meiner Großmutter beim Hühnerfüttern und Ziegemelken und meiner Mutter beim Beerenpflücken. Ihren Lohn dafür bekam sie immer in Naturalien ausgezahlt, mal war es ein Topf voll Beeren, mal ein Körbchen voll Hühnereier, mal ein Krug voll Ziegenmilch. Nun war Apfelzeit, und sie hätte uns gern bei der Apfelernte geholfen, aber es gab diesmal nichts zu ernten. Mein Vater hatte die Handvoll Äpfel bereits selbst gepflückt und Großmutter hatte sie schon abgebacken. So war ihr nichts anderes übrig geblieben, als auf der Obstbaumwiese gegenüber von unserem Haus nach Fallobst zu suchen. Sie sei dort nicht die Einzige gewesen, manche seien sogar mit Körben und Leiterwagen gekommen und hätten die Äpfel nicht nur aufgesammelt, sondern auch von den Bäumen geschüttelt, erzählte sie uns. Drei halbwüchsige Buben, denen das Auflesen anscheinend zu mühselig gewesen war, seien auf sie zugestürmt und hätten ihr den Rucksack samt Äpfeln weggenommen. Und nicht nur das, Sie hätten auch ihrem Jüngl das Tütl «Dörräppel», das meine Großmutter ihm zugesteckt hatte, gestohlen.

Das war zu viel für meinen Vater. Die Stimme der Gerechtigkeit meldete sich in ihm und gebot ihm, auf der Stelle zu handeln. Er zog sich seine Joppe an, setzte sich seine alte Briefträgermütze auf, die etwas einschüchternd Dienstliches hatte, fertigte sich aus den Resten unserer alten Fahne eine rote Armbinde an, das Erkennungszeichen eines jeden Flurschutzmannes, bemächtigte sich meiner Trillerpfeife, nahm Großmutters Geschäftsblock samt dazugehörendem Tintenstift an sich und machte sich damit auf den Weg. Weder die angstvolle Bemerkung meiner Mutter, dass es Amtsanmaßung sei, was er da vorhabe, noch die Bedenken meiner Großmutter, der wahre Flurschutz könne bereits unterwegs sein, konnten ihn jetzt noch aufhalten. Der Gerechtigkeitsrausch war über ihn gekommen und trieb ihn im Eilschritt auf die Gemeindewiese. Mit einem einzigen schrillen Pfiff aus der Trillerpfeife und dem daran anschließenden Ruf «Halt,

Flurschutz» schreckte er alle Apfeldiebe auf, pfiff sogar einige Unersättliche von den Bäumen und versprach ihnen großmütig, diesmal noch von einer Anzeige abzusehen, wenn sie unverzüglich alle Äpfel bei ihm abliefern wollten. Wer jedoch nicht dazu bereit sei, den müsse er der Obrigkeit melden, wobei er Großmutters Notizblock zückte.

Das wirkte. Die meisten gaben widerstandslos ihre Äpfel ab, andere aber flohen und ließen in Panik ihr Diebesgut zurück. Die Ausbeute war entsprechend groß. Mein Vater musste wohl damit gerechnet haben, denn er hatte vorsorglich unseren Leiterwagen auf diesen Gerechtigkeitsfeldzug mitgenommen.

Die kleine Flüchtlingsfrau strahlte vor Dankbarkeit und konnte es nicht fassen, dass mein Vater ihr die gesamte Ausbeute überlassen wollte und sich auch noch erbot, ihr das Beutegut nach Hause zu karren. Dass er sich selbst zuvor einen Korb voll Äpfel beiseite geschafft hatte, verbuchte er als Bringelohn, den er bei derlei Unternehmen immer für sich beanspruchte.

Unter der Beute, die mein Vater gemacht hatte, befand sich auch ein Rucksack, vollgestopft mit Äpfeln bis obenhin. Aber es war nicht der Rucksack der kleinen Flüchtlingsfrau, wie diese bedauernd feststellte. Ein anderer musste ihn in der Eile des Aufbruchs liegen gelassen haben.

Das macht nichts, sagte mein Vater und drückte der Frau den Rucksack in den Schoß, im Kommunismus ist das so geregelt, dass alles, was gestern dem gehörte, heute dem gehört. Das ist die ausgleichende Gerechtigkeit.

So kam die arme Frau durch meines Vaters ausgleichenden Gerechtigkeitssinn doch noch zu ihrem Recht. Sie vergaß es uns nie.

Und immer noch, zur Apfelerntezeit, wenn die Bäume nicht hinwissen mit ihrer Last, weil keiner sie haben will, fällt mir diese kleine Flüchtlingsfrau ein, die vor Dankbarkeit und Rührung über den unverhofften Apfelsegen meinem Vater ein ums andere Mal die Hand drückte und sich dabei verstohlen eine Träne von der Wange wischte.

Himmelfahrt

Dieser Sommer im zweiten Jahr nach dem Krieg begann ungewöhnlich früh. Schon im April hatte Bademartin die Saison in unserem Badeteich eröffnet. Nach einem harten, strengen Winter, der erbarmungslos Land und Leute in Atem gehalten hatte, war über Nacht der Frühling ausgebrochen mit sommerlichen Temperaturen.

Am Himmelfahrtstag kletterte das Thermometer auf über dreißig Grad. Wer konnte, suchte im Badeteich Labsal und Erfrischung. Auch ich hatte meine Badesachen gepackt und war im Aufbruch, als uns wieder einmal die kleine Flüchtlingsfrau besuchen kam. Sie bat um ein paar Frühlingsboten aus Großmutters Blumengärtl, denn zu Himmelfahrt wollte sie ihrer Toten und der Mutter Gottes gedenken. Wie immer hatte sie ihr «Jüngl» mitgebracht, diesen scheuen Jungen in meinem Alter, der stets den Blick senkte, wenn er mit mir sprach, rot wurde, wenn Großmutter ihm eine Fettbemme anbot, und verlegen Danke stammelte.

Er ging in meine Schulklasse, saß in der hintersten Bankreihe und war auch hier still und unauffällig wie die meisten Flüchtlingskinder, die wie auf Abruf unter uns weilten und hofften, dass es nicht für immer sein würde. Sie fühlten sich fremd und unwillkommen hier und unterschieden sich von uns allein schon durch ihre Sprache, die weicher und melodischer klang als die unsere, eher wie Singsang. Auch andere Familiennamen mischten sich jetzt unter unsere ortseigenen Wagners, Lehmanns, Israels und Wünsches.

Die kleine Flüchtlingsfrau und ihr scheues Jüngl hießen Lakatsch, ein Name, der sich mir fürs Leben eingeprägt hat, während ich den Vornamen des Jüngls vergessen habe. Wahrscheinlich haben wir ihn nur mit dem Nachnamen angesprochen. Von den Frechsten in der Klasse, den unflätigen Wachowiaks, wurde er «Lack-Arsch» genannt, was ihm jedes Mal die Schamröte ins Gesicht trieb, aber er wehrte sich nicht.

An jenem Himmelfahrtstag lächelte er mich zum ersten Male an, als ich ihm die Hand reichte, und ich fragte ihn, ob er bei dieser Hitze nicht mitkommen wolle zum Badeteich, wo die meisten aus unserer Klasse schon waren.

Er zuckte verlegen mit der Schulter und sah fragend zu seiner Mutter hin. Die aber schüttelte den Kopf und sagte, er hat doch gar kein Badehosel.

«Badehosel», dieses Wort fand ich so unpassend und geradezu lächerlich für einen zwölfjährigen Jungen, dass ich mir ein Grinsen nicht verkneifen konnte. Und auch ihm muss es peinlich gewesen sein, denn ich sah, wie er bis in die Haarwurzeln errötete und sich von seiner Mutter abkehrte, die von der Verlegenheit ihres Jüngls nichts mitbekommen hatte und Großmutter ausführlich berichtete, wie krank ihr Jüngl im Frühjahr gewesen sei und wie sie den Herrgott gebeten habe, ihn wieder gesund zu machen, denn er sei das Einzige, was sie noch habe auf dieser Welt. Dabei zog sie das Jüngl zu sich heran und drückte es fest an ihren Leib.

Mein Grinsen, das ich im Nachhinein so bereute, hatte ihn vollends verstört. Er riss sich von seiner Mutter los und stürmte, ohne sich von uns zu verabschieden, aus dem Haus. Im Davoneilen rief er seiner Mutter zu, dass er zu seinem Schulfreund Riedel wolle, einem Flüchtlingsjungen wie er.

Später habe ich oft darüber nachgedacht, ob alles anders gekommen wäre, wenn ich mir dieses verletzende Grinsen verkniffen hätte und ihm stattdessen die Badehose meines Bruders geliehen hätte, die auf mich überkommen war. Aber ich habe es nicht getan. Manchmal sind es gerade diese kleinen Unterlassungen und die nicht gesagten Worte, die ein Unheil auslösen, das wir später beschwichtigend Schicksal nennen.

Das Schicksal oder der Wille Gottes, wie der Pfarrer es nannte, als er drei Tage nach Himmelfahrt die Trauerrede für die Flüchtlingskinder Lackatsch und Riedel hielt, war schon am Vollstrecken, als ich an jenem Himmelfahrtstag, verspätet und abgehetzt, den Badeteich erreichte.

Meine Freundin Lore tummelte sich bereits im Wasser und auch die anderen aus der Klasse vergnügten sich im kühlen Nass. Bademartin hatte die Sonnenpritschen rausgestellt, doch keiner sonnte sich, alle suchten Abkühlung im Wasser und im Schatten des angrenzenden Waldes.

Ich wollte gerade ins Wasser steigen, als es geschah. Ein gewaltiger Donner, ohrenbetäubend und grollend, hallte von den Schönbacher Höhen zu uns herüber, als wäre noch Krieg. Alle verharrten reglos an der Stelle, wo sie sich gerade befanden und sahen erschrocken zum Himmel auf, der makellos blau und unberührt war und seit einem Jahr schon von keinen Bomberflugzeugen mehr durchpflügt.

Aufgeschreckt vom markerschütternden Gedröhn, kam Bademartin aus seiner Bude gestürzt und blickte, die Hand schützend über die Augen gehalten, dem Knall hinterher, der überm Häntscheberg verklungen war.

Die Stille, die danach folgte, war spürbar wie die Luft nach einem schweren Sommergewitter. Alle wandten sich jetzt wieder ihrem Badevergnügen zu, als wäre nichts gewesen; nur Bademartin sagte besorgt, es wird doch nichts passiert sein. Aber was sollte denn passiert sein, wo wir doch seit einem Jahr und ein paar Tagen schon im Frieden lebten.

Erst am anderen Morgen in der Schule erfuhren wir, dass der Krieg noch einmal zurückgekehrt war, grausam und erbarmungslos. Gleich als wir das Schulhaus betraten, spürten wir, dass etwas anders war als sonst. Der Hausmeister, der uns immer so beflissen an der Eingangspforte empfing, war weit und breit nicht zu sehen, und auf dem unteren Gang fehlte die Aufsicht. Alle Lehrer hatten sich vor dem Schulleiterzimmer versammelt, flüsterten erregt miteinander und wiesen uns an, still zu sein und unsere Klassenzimmer aufzusuchen. Schweigend gehorchten wir, schweigend setzten wir uns in unsere Bank. Schweigend und in der bangen Ahnung, dass uns gleich Schlimmes mitgeteilt würde, warteten wir auf unsere Lehrerin.

Als sie dann den Raum betrat und mit bewegter Stimme sagte, ich muss euch eine traurige Nachricht überbringen, eure Klassenkameraden Lakatsch und Riedel …, da sprang ich aus der Bank und rannte hinaus. Ich wollte den Satz nicht zu Ende hören, ich wusste auch so, was geschehen war.

Der Knall, den wir im Badeteich vernommen hatten, diese gewaltige Detonation, hatte sie aus dem Leben gerissen. Sie waren erst zwölf, hatten den Krieg, die Tiefflieger, die Flucht und die Vertreibung überlebt, aber jetzt, in der Geborgenheit unseres Ortes hatte der Tod sie doch noch eingeholt. Er hatte im Schönbacher Wald auf sie gewartet, wo fliehende Soldaten in einer Grube ihre Munition zurückgelassen hatten, Handgranaten, Patronen, Panzerfäuste.

Überall in den Wäldern, in Feldscheunen und Unterständen lagen noch diese Kriegserinnerungen herum. Für die beiden Flüchtlingskinder waren sie zu einem tödlichen Spielzeug geworden. Sie hatten nicht gewusst, wie gefährlich dieses Spiel war, das sie da am Himmelfahrtstag im Schönbacher Wäldchen an der Kote spielten, ein Spiel, das auch heute noch für Jungen eines gewissen Alters einen unwiderstehlichen Reiz hat.

Es war nur ein einziger Sarg für beide Jungen zusammen, denn man hatte sie nicht mehr auseinanderhalten können. Die Männer aus unserem Ort, die bei der Bergung dabei gewesen waren, erzählten Schreckliches, und noch lange Zeit danach fuhr ich nachts aus dem Schlaf, weil ich im Traum diesen gewaltigen Knall hörte, der auch mich tötete. Ich spürte, wie ich hochgerissen wurde und in der Luft zerfetzte. Der Todesschrei, den ich dabei ausstieß, riss mich jedes Mal aus dem Traum. Es erschien mir dann immer wie ein Wunder, dass ich noch lebte. Nach und nach wurden diese Träume seltener und irgendwann kamen sie gar nicht mehr.

Irgendwann kam auch die kleine Flüchtlingsfrau nicht mehr. Alles, was sie bei uns gesucht hatte, Wärme, Verständnis, Familie und etwas Essbares fürs Jüngl brauchte sie nun nicht mehr. Sie verschwand aus meinem Leben wie so viele, die meine Kindheit eine kurze Wegstrecke lang begleitet hatten.

Mein Vater und der Himmelhund

Es gibt Leute, die vergisst man nicht, auch wenn man sie nur flüchtig kannte. Sie haben sich uns eingeprägt im guten wie im schlechten Sinne. So geht es mir mit dem Himmelhund, dem größten und gerissensten Gauner unseres Ortes. In den Nachkriegsjahren kam er oft zu uns ins Großelternhaus, um mit meinem Vater «Geschäfte» zu machen. Er hatte eine große, hagere Gestalt mit hervorspringenden Schulterknochen und eingefallener Brust, so dass es aussah, als ginge er leicht nach vorn geneigt. Die Haarsträhne, die ihm dabei kess und widerspenstig in die Stirn fiel, verstärkte diesen Eindruck noch. Sein Blick hatte etwas Stechendes, Besitzergreifendes, als wittere er überall brauchbare Beute. Die steile Falte, die ihm zwischen den Augenbrauen in die Stirne wuchs, verlieh seinem Gesicht ein düsteres, bedrohliches Aussehen, was im Widerspruch zu seiner zugänglichen, offenen Art stand, denn er war freundlich und gesprächig und wusste immer das Neueste vom Ort und der Umgebung zu berichten. Er kam viel herum und war Hans Dampf in allen Gassen. Dass er alle mit Du ansprach, erweckte den Eindruck, er sei jedermanns bester Freund. Zu meinem Vater hatte er ein kumpelhaftes Verhältnis, nannte ihn Bruderherz und Intimus und vertraute ihm seine Herzensangelegenheiten an, denn er hatte neben seiner rechtmäßigen Ehefrau auch noch eine Zweitfrau, die er unter dem Vorwand, er spiele mit meinem Vater Skat, hin und wieder besuchte.

Für sie luchste er meinem Vater eines Tages mit List und Tücke unser Haus in Oppach ab, das dieser bisher nur an ihn verpachtet hatte. Ein Schurkenstreich, mit dem mein Vater nie im Leben gerechnet hatte. Aber mein sonst so bauernschlauer Vater beging den folgenschweren Fehler, den Himmelhund für seinen besten Freund und Kumpel zu halten, mit dem man Pferde stehlen könne. Und so hatte er ihn in den Jahren nach dem Krieg zum Spediteur der Warenlieferungen gemacht, die er für Großmutters Ofengeschäft aus Meißen und Kamenz bezog, denn der Himmelhund besaß auf erstaunliche und für alle im Ort unerklärliche Weise ein altes, verbeultes Lastauto aus dem Bestand der Roten Armee, das er wiederhergerichtet hatte und seitdem zu Beschaffungszwecken nutzte. Mit diesem Auto jedoch fuhren die Freunde nicht nur nach Meißen und Kamenz, um Kacheln und Schamotte zu holen, sondern gelegentlich auch nach Berlin auf den Schwarzmarkt, der in den Nachkriegsjahren begehrter Lieferant von unbezahlbaren Köstlichkeiten war, die man nur gegen Naturalien erwerben konnte.

Die Auslagen für Kraftstoff und Arbeitszeit als Spediteur trug der Himmelhund gewissenhaft, wie mein Vater glaubte, in eine Liste ein, ließ sich aber nie dafür entlohnen. Das hat Zeit unter Freunden, sagte er jedes Mal, wenn mein Vater ihn daran erinnerte. So kam es, dass mein Vater schließlich vergaß, ihn daran zu erinnern, was zur Folge hatte, dass der Schuldenberg immer weiter wuchs. Er wuchs so beträchtlich, dass sich mein Vater eines Tages, als es dem Himmelhund einfiel, ihm die Rechnung zu präsentieren, nicht in der Lage sah, diese von einem Tag zum anderen zu begleichen, zumal der Himmelhund frech und ungeniert die gemeinsamen Schwarzmarktfahrten mit auf die Liste gesetzt hatte, die mein Vater im Vertrauen auf die Lauterkeit seines Freundes arglos und ungeprüft unterschrieben hatte und nun von ihm dafür zur Kasse gebeten wurde. Mit so viel Dreistigkeit und Unverfrorenheit hatte mein Vater nicht gerechnet. Er war am Boden zerstört und wusste nicht mehr ein noch aus, denn der Himmelhund drängte auf sofortige Bezahlung und bot ihm, falls er nicht in der Lage dazu wäre, einen annehmbaren Vergleich an, wie er meinem Vater schmackhaft zu machen suchte, nämlich völligen Schuldenerlass bei Überschreibung des an ihn verpachteten Hauses und obendrein als großzügige Zugabe auch noch ein Klavier für mich, die ich seit dem Wegzug meiner Tante Lie kein Klavier zum Üben mehr hatte.

In seiner Not und Bedrängnis und im Hinblick auf das gute Markenklavier, das aus einem Schloss stammen sollte und einen unschätzbaren Wert habe, wie der Himmelhund uns versicherte, ging mein Vater auf diesen Handel ein. Ein Verlustgeschäft erster Güte, denn der Wert des Hauses war zehnmal höher als der Fuhrlohn, den mein Vater ihm schuldete, und das Klavier, das weder ein Markenklavier noch von gutem Holze war, stammte, wie wir herausbekamen, aus einem alten Tanzlokal, das nach Kriegsende von durchziehenden Truppen geplündert worden war. Den Abtransport des Inventars hatte der Himmelhund übernommen. Dabei muss er beim Abladen der Beute das Klavier übersehen haben, und so war es auf dem Lastauto verblieben und schließlich in meinen Besitz gelangt. Als ich darauf spielen wollte, entdeckte ich, dass das Fortepedal fehlte und die Tastatur nur dumpfe, ächzende Töne von sich gab, die selbst dem Unmusikalischsten das Zuhören vergrault hätten. Ich mied fortan, darauf zu spielen. Dieses so teuer bezahlte Klavier stand zeitlebens nur bei uns herum als traurige Erinnerung an das Haus, das wir einmal besessen hatten, und an meines Vaters Gutgläubigkeit.

Aber mein Vater wäre nicht mein Vater gewesen, wenn er sich nicht revanchiert hätte. Es waren noch Schwarzmarktzeiten. Mein Vater und der Himmelhund planten wieder einmal eine Schiebertour nach Berlin, doch außer Scheuerhaderstoff aus Friesens Lagerbeständen und ein paar bernsteinfarbener Zigarettenspitzen hatte mein Vater nichts Brauchbares anzubieten, der Himmelhund noch weniger. Auf unserem Spitzboden aber stand neben einem schweiflosen Schaukelpferd noch der alte Märklin-Metallbaukasten meines im Krieg gefallenen Bruders, der, wie der Himmelhund meinte, ein ertragreiches Tauschobjekt wäre. Meine beiden Mütter aber wehrten sich erbittert gegen dieses unerhörte Ansinnen, und auch mein schacherfreudiger Vater war der Meinung, dass man ein solches Andenken nicht einfach auf dem Schwarzmarkt verhökern könne. So wurde zwar mit Bedauern, aber mit Einsicht Abstand davon genommen. Den Himmelhund jedoch schien dieser Gedanke noch weiter zu beschäftigen, und so kam es zu jenem schmerzlichen Verlust, der aber letztendlich dank meines Vaters Schlitzohrigkeit in Gewinn umschlug.

Zugetragen hat sich die ganze Geschichte in Mierigs Bierhalle, wo sich mein Vater wöchentlich mit «seinesgleichen», eine Formulierung meiner Großmutter, zum Skatspiel einfand. Auch der Himmelhund nahm gelegentlich an dieser Runde teil. Infamerweise hatte er meinen Vater, der gewissen Getränken nicht abhold war, so mit Branntwein eingedeckt, dass dieser die Unter von den Obern nicht mehr unterscheiden konnte und ein Spiel ums andere verlor. Gespielt wurde meistens um die Fünfer. Da Geld zur damaligen Zeit keinen Wert besaß, wurde in Naturalien bezahlt. Der Himmelhund als Hauptgewinner forderte von meinem Vater den begehrten Märklin-Metallbaukasten, ein Ansinnen, das selbst meinem Vater über die

Hutschnur ging. Und so verließ er vorzeitig unter lautstarkem Protest der Mitspieler die Runde und verkroch sich daheim im Bett, was ungeahnte Folgen für ihn haben sollte, denn es war kurz nach Mitternacht, als wir durch einen ohrenbetäubenden Lärm aus dem Schlaf gerissen wurden. Krachen, Poltern, Türenschlagen und laute unverständliche Männerstimmen im Hausflur.

Dass unser Haus stets offen stand und jeder jederzeit freien Zugang hatte, war eine Tatsache, die allgemein bekannt war. Selbst Schränke und Truhen waren bei uns nie verschlossen. Es schien, als sei beim Einzug vergessen worden, die Türen und Schränke mit Schlössern zu versehen. Doch nie, bis zu diesem Tag, war bei uns eingebrochen worden. Wir zitterten vor Angst und Aufregung. Nur mein Vater blieb erstaunlich gelassen, er wusste, dass nicht Banden, sondern der Himmelhund und seine Kumpane Einlass begehrten. Der Himmelhund fiel auch als Erster ein, stieß meinen Vater, der sich ihm in den Weg gestellt hatte, roh beiseite und stürmte allen voran die Holztreppe hinauf, die zum Spitzboden führte, wo er sich dreist und unverfroren des Baukastens bemächtigte und mit seiner Beute das Weite suchte. Spielschulden sind Ehrenschulden, rechtfertigte er sich vor meiner Großmutter, die ihm hinterhergerannt war.

Von dieser Stunde an hatte mein Vater kein gutes Auskommen mehr mit meinen beiden Müttern. Ein paar Tage lang lief er bedrückt und schuldbewusst herum, doch dann erwachte das alte Schlitzohr in ihm und er schritt zur Tat. Er hatte sich in schlaflosen Nächten einen genialen Plan ausgedacht, zu dessen Ausführung er jedoch meine Hilfe brauchte. Er nahm mich beiseite und versuchte mir klarzumachen, dass es für mich an der Zeit sei, das Skatspiel zu erlernen, damit ich ihm beim Revanchespiel, das er plane, hilfreich zur Seite stehen könne. Ich war begeistert. Dieses

Spiel hatte mich schon immer interessiert. Die Wörter und Ausdrücke, die mein Vater dabei benutzte, waren so urkomisch, dass sie mir noch tagelang im Kopf herumgingen und mich zu den merkwürdigsten Auslegungen anregten. Spielte er die Farbe Grün, so meldete er das mit den Worten «Blattspinat mit Spiegelei», bei Rot meldete er «Rodewisch bei Auerbach». Drückte er den Skat, so sagte er stets, «der geht baden und der wird Soldat», bekam er auf den obersten Wenzel keine Augen, so hieß das bei ihm, «was der Alte brachte, die Neune und die Achte». «Sieben, Neune, Unter, geht nichts drunter» war ein beliebtes Nullspiel.

Ganz verwegen aber fand ich die Ansage, die jeder, der Kreuz spielte, mit besonderer Lautstärke verkündete, «wer kein Kreuz hat, hängt'n Arsch mit'n Bindfaden an die Decke.»

Meine beiden Mütter nannten diese Art der Unterhaltung unflätig und das Spiel eine Erfindung des Teufels. Sie empörten sich, als sie dahinterkamen, dass mein Vater mich in dieses Teufelsspiel einweihen wollte. Der aber lächelte nur vieldeutig und sagte, wartet's ab, ich hab mir da was ausgedacht.

Doch jeder noch so gut durchdachte Plan ist zum Scheitern verurteilt, wenn die Gegenseite nicht gewillt ist, mitzumachen, und so musste mein Vater mit Bedauern zur Kenntnis nehmen, dass weder der Himmelhund noch die anderen Spieler sich verpflichtet fühlten, meinem Vater Revanche zu geben. Die Möglichkeit, den ergaunerten Gewinn auf diese Weise wieder zu verlieren, war ihnen entschieden zu groß. So blieb meinem Vater nichts anderes übrig, als unsere gute Damastbettwäsche als Siegerlohn in Aussicht zu stellen, ein Angebot, dem vor allem der Himmelhund nicht widerstehen konnte.

Meine Mütter waren außer sich. Diese Damastbettwäsche war das Wertvollste, was wir besaßen. Sie hatte den

Krieg, die Flucht und die Plünderungen überstanden. Der drohende Verlust muss sie so getroffen haben, dass sie allen, ob Nachbarn, Freunden oder Kundschaft, davon berichteten. Und so erfuhr der halbe Ort davon und nahm, teils aus Neugier, teils aus Mitgefühl, Anteil am weiteren Verlauf.

Es war ein Sonnabend, den mein Vater fürs Revanchespiel angesetzt hatte. Der Bierhallenwirt, selbst ein leidenschaftlicher Skatspieler, war dazu ausersehen, die Runde zu überwachen und dafür zu sorgen, dass alles rechtens zuging.

Um zu verhindern, dass mein Vater bei Verlust die Runde wieder vorzeitig verlassen konnte, wurde eine Zeit festgelegt. Weder früher noch später durfte das Spiel beendet werden. Gespielt werden sollte wie immer zu viert, eine Bedingung, auf die besonders mein Vater großen Wert gelegt hatte, denn sie gehörte zu seinem Plan. Dass ich ihn in die Bierhalle zu den Mierigs begleiten und dort bis zum Schluss ausharren sollte, war ebenfalls Bestandteil seines Planes und nichts Außergewöhnliches. Ich war oft dabei, wenn mein Vater in der Bierhalle Skat spielte, und hatte mich mit Purzel angefreundet, Mierigs schwarzem Spitz, von dessen Nachkömmlingen mir einer versprochen war. Es war auch nicht außergewöhnlich, dass ich den Spielern ab und zu von hinten in die Karten sah; sie fanden es höchstens amüsant, dass ich als Mädchen Interesse an diesem Männerspiel zeigte. Außergewöhnlich aber und für meine beiden Mütter völlig unverständlich war die Bedingung meines Vaters, dass ich, obwohl es hochsommerlich warm war, meine Berchtesgadener Trachtenjacke anziehen sollte. Diese Jacke, die alle Mädchen meiner Generation in ihrem Kleiderschrank hatten, war das Beste, was es an Strickwaren je gegeben hatte. Jeder, der sie über den Krieg gerettet hatte, konnte sich glücklich schätzen. Sie war von feiner schwarzer Wolle, hatte als Abschlusskante an Ärmeln und Bündchen rote und grüne Streifen und als Krönung goldene Kugelknöpfe am Verschluss.

Großmutter prophezeite Schlimmes. Nicht nur die Jacke, sondern auch mich, sein eigen Fleisch und Blut, würde dieser Tunichtgut noch verspielen.

Der Gedanke, dass mein Vater auch mich verspielen könnte, war mir zwar noch nie gekommen, erschien mir aber im Hinblick auf die Tatsache, dass er schon einmal unsere Ziege verspielt, sie später aber mitsamt Jungzickel zurückgewonnen hatte, nicht ganz so abwegig. Dennoch glaubte ich an den Plan meines Vaters, der einzig und allein von dieser Jacke abhing, ein Plan, der nur einem Verzweifelten in verzweifelter Lage einfallen konnte.

Mierigs Gaststube war an diesem Tage so voll wie nie, denn mittlerweile hatte es sich überall herumgesprochen, dass mein Vater um einen hohen Einsatz spielte. Und so wie von Spiel zu Spiel die Spannung wuchs, wuchs auch der Gewinn meines Vaters von Spiel zu Spiel, denn die Jacke erwies sich als brauchbare Hinweistafel für Farbspiele aller Art. Dank der Streifen, die sie zierten, konnte ich meinem Vater bei jedem Spiel zuverlässig mitteilen, wer von den Spielern eine lange Farbe hatte. War es grün, deutete ich mit der Hand auf den grünen Streifen, bei Eichel zeigte ich auf den roten Streifen. Für Herz reichte ein kurzes Verweilen mit dem Zeigefinger auf der Stelle, wo sich mein Herz befand, bei Schelle spielte ich an meinen goldenen Kugelknöpfen. Hatte keiner eine lange Farbe, ruhten meine Hände aus. Wie viele Wenzel ein Spieler besaß, hatte ich meinem Vater durch Zupfen an meinen Zöpfen bekannt zu geben. Da sie zu viert spielten, hatte jeder, der Karten geben musste und folglich nicht mitspielte, die Angewohnheit, in den Skat zu sehen, bevor er ihn in die Tischmitte schob. Auf diese Weise konnte ich meinem

Vater jedes Mal mitteilen, was im Skat lag. Selbst der mittelmäßigste Spieler hätte unter diesen Bedingungen einen Gewinn eingespielt. Mein routinierter Vater aber gewann zum Entsetzen seiner Mitspieler nicht nur Spiel um Spiel, sondern auch die Bewunderung und das Wohlwollen der umstehenden Gäste.

Am Ende hatte er nicht nur den Baukasten zurückgewonnen, sondern bekam auch noch die Verluste der anderen Spieler gutgeschrieben und vom Himmelhund, der diesmal Kopf und Kragen verloren hatte, zusätzlich auch noch dessen besten Zuchtrammler. Für meinen Vater war es der ruhmvolle Höhepunkt seiner Skatkarriere. Alle bewunderten sein spielerisches Geschick und die Kühnheit, das Blatt sogar bei schlechten Karten auszureizen, um dafür mit einem guten Skat belohnt zu werden.

Mein Vater gab sich bescheiden, nicht ich, sondern mein guter Geist hat mir beigestanden, sagte er mit einem listigen Lächeln, um dann mit einem kämpferischen Blick in die Runde hinzuzufügen, denn die Gerechtigkeit siegt.

Der Bierhallenwirt jedoch hegte Zweifel an dieser Art Gerechtigkeit, so viel Spielerglück an einem Abend war ihm noch nie vorgekommen. Dennoch verteidigte er meinen Vater gegen die neidvollen Angriffe der Verlierer.

Als wir aber dann, bepackt mit den Gewinnen, die Bierhalle verließen, kam er uns hinterher, fasste mich beim Schopfe und sagte, 's nächste Moal bleibste doarheme, Kleene!

Aufgehobenes

Wer sich selbst zu sehr liebt, kann andere nicht lieben. – Wer sich selbst zu wenig liebt, kann andere erst recht nicht lieben.

Könnten wir doch von klein auf die Seelensprache erlernen, so, wie man die Buchstabensprache erlernt. Wie viel besser würden wir den anderen verstehen.

Wie unsympathisch wir die Leute finden, von denen wir wissen, dass sie uns unsympathisch finden.

Die Weichen für den Zug ins Leben werden in unserer Kindheit gestellt.

Der sicherste Weg, den anderen zu ändern, ist, sich selbst zu ändern.

Beim Fotografen: Zwischen fünfzehn und fünfundzwanzig – das Brustbildalter! Danach – das Passbildalter! Später nur noch Gruppenaufnahmen.

Als die Bahnhöfe meiner Kindheit noch Bahnhöfe waren

In meiner Erinnerung gehört der Bahnhof von Neusalza-Spremberg neben der Schule und der Turnhalle zu den beeindruckendsten Gebäuden meiner Kindheit. Dieser Bahnhof machte unseren Ort zu etwas Besonderem, denn keiner der umliegenden Orte, weder Oppach, Schönbach, Friedersdorf noch Fugau hatte einen Bahnhof. Wenn es hoch kam, hatten sie es zu einem Kleinbahnanschluss mit einem entsprechenden Kleinbahnhof gebracht. Unser Bahnhof aber war einmalig. Schon die Eingangshalle, die durch eine verglaste Pendeltür von der Haupthalle abgetrennt war, hatte etwas Einladendes, Freundliches, denn sie empfing die Reisenden gleich am Eingang mit einem Süßwarenautomaten, der mehrere Sorten «Zuckerküchl» im Angebot hatte, darunter weiße und rosafarbene mit Pfefferminzgeschmack, die sich «Lebenswecker» nannten und von der Firma Tell aus Dresden stammten. Sinnigerweise war ihr Firmenzeichen eine Tellfigur, die vorn am Automaten angebracht war und weithin sichtbar ihre Kunden anlockte. Erst in den Kriegsjahren, wo es Zuckerzeug nur noch auf Marken gab, wurde dieser kinderfreundliche Automat außer Betrieb genommen.

Die Haupthalle, bedeutend größer und geräumiger, mit einem langen tafelähnlichen Tisch an der rechten Wandseite, auf dem die Reisenden ihr Gepäck abstellen konnten, zeichnete sich durch einen stets besetzten Fahrkartenschalter, einen Gepäckschalter und eine gut gehende und weithin bekannte Bahnhofsgaststätte aus, die sogar drei Fremdenzimmer besaß.

Diese Gaststätte war in früheren Zeiten einmal das, was man eine gepflegte Lokalität nennt. Hier gab es erlesene Speisen und Getränke, hier verkehrten die Honoratioren des Ortes, hier fanden Ratssitzungen und Familienfeiern statt, Vereinsvergnügungen und Geselligkeiten jeder Art. Hier, wo Menschen einander begegneten, begrüßten und verabschiedeten, hier schlug einmal das Herz des Ortes.

Hermann Kielwagen, der Wirt, für mich ein Mann zeitlosen Alters, gehörte zu jenen Originalen im Ort, die vor allem für Kinder von besonderem Reiz sind, denn er hatte zu unserem Ergötzen keinen einzigen Zahn im Munde, sondern kaute alles nur mit dem Kiefer. Es wurde erzählt, dass er seine Vollprothese, die nicht richtig saß und schmerzhaft drückte, mit den Worten «dann fresst doch alleene!» in die Ecke geschleudert und nie mehr hervorgeholt habe. Wenn er in guter Stimmung war, vollführte er auf unsere Bitten hin mit dem zahnlosen Unterkiefer, den er bis zur Nasenspitze schieben konnte, erheiternde Kunststücke.

Für seine Gäste tat er alles, um ihnen den Aufenthalt in seinen Räumen so angenehm wie möglich zu machen. Am Stammtisch, der sich gleich neben dem Tresen befand, konnte Skat oder Doppelkopf gespielt werden und in einem Hinterzimmer Billard. Zwischen diesen beiden Räumen gab es noch eine zweite Gaststube, vornehmer und gepflegter als die erste, mit echtem Parkettfußboden und gepolsterten Stühlen. Dieser Raum war der oberen Gesellschaft des Ortes vorbehalten und wurde von Kielwagen das «Coupé zweiter Klasse» genannt. Mitunter wurde dieser Raum feiertags bei großem Gästeandrang auch der Allgemeinheit zugänglich gemacht. Die im

Bahnhofsgebäude wohnenden Eisenbahnerfamilien jedoch hatten jederzeit Zutritt, wenn sie hier einmal vornehm speisen wollten.

Was aber diese Gaststätte einmalig machte, war die zur Gaststube gehörende Terrasse, in Hermann Kielwagens gehobener Ausdrucksweise «Perron» genannt. Dieser Perron nahm einen Teil des Bahnsteiges ein und war durch eine zweiflüglige Glastür mit der Gaststube verbunden. Umgeben von einem eisernen Gitterzaun, an dem Blumenkästen befestigt waren, konnte man hier an schönen Frühlingstagen oder an warmen Sommersonntagsnachmittagen sitzen, Kaffee trinken, in den Journalen blättern, die immer griffbereit am Garderobenständer hingen, und zwischendurch den Zügen nachwinken, die mal in diese, mal in jene Richtung davonfuhren. Man konnte von hier aus auch den Bahnsteig betreten, falls man eine Fahrkarte oder eine Bahnsteigkarte besaß. Manch einem aber genügte schon ein kühles Bier und der Blick über die Gleise hinweg zum Sportplatz und dem dahintergelegenen Häntscheberg.

Besonders an Fest- und Feiertagen kamen Gäste aus nah und fern in diese gesellige Bahnhofsgaststätte, um hier den guten «Buckslkuchn» der Wirtin zu probieren und amüsiert den Reisenden beim Aus- und Einsteigen zuzusehen. Der Abendzug brachte sie dann wieder zurück in ihre Heimatorte.

Selbst nach dem Krieg konnte man noch diese Annehmlichkeiten nutzen. Wenn es auch keinen Bohnenkaffee wie zu Friedenszeiten mehr gab, so bekam man bei Hermann Kielwagen doch stets ein Heißgetränk oder eine Kraftbrühe.

Drei Jahre lang bin ich jeden Montagmorgen mit dem Frühzug nach Löbau zur Schule gefahren und jeden Sonnabend auf die gleiche Weise zurückgekommen. Damals war dieser Bahnhof immer voller Lärm und Leben. Gedränge, Geschubse, Stimmengewirr und ein Dunst von Schweiß und Zigarettenrauch erwarteten mich stets in der überfüllten Bahnhofshalle. Arbeiter, Schüler, Dienstreisende, Bürofräuleins und Gelegenheitsfahrer zwängten sich geräuschvoll durch die Sperre, wenn der Diensthabende die Tür zum Bahnsteig hinaus aufschloss. Meist kam ich erst, wenn der Zug schon eingefahren war, abgehetzt und atemlos durch die Sperre gerast, die Schülerfahrkarte in der hochgehaltenen Hand.

Der Mann an der Sperre, der «Fahrkartenknipser», wie wir ihn nannten, begrüßte mich jedes Mal mit den Worten: «Itze wird's aber Zeit, kleenes Froillein!» Manchmal fügte er noch hinzu: «Ich hoa's Bahnel extra woarten lussen.»

Ich nickte dann jedes Mal dankbar, obwohl ich wusste, dass der Zug nicht eher abfahren konnte, bevor nicht der Gegenzug aus Zittau eingetroffen war, denn die Bahnstrecke war hier nur eingleisig befahrbar. Ohne dieses Warten auf den Gegenzug hätte ich meinen Zug so manches liebe Mal verpasst. Erst wenn der Fahrdienstleiter, von uns Einheimischen der «Rutmitzsche» genannt, laut und vernehmlich verkündete: «Der Personenzug aus Richtung Zittau zur Weiterfahrt nach Dresden hat Einfahrt, Vorsicht an der Bahnsteigkante!», wusste ich, dass es für mich höchste Eisenbahn war, den Gegenzug noch zu erreichen. Ich legte dann die letzten paar Meter bis zum Bahnhof immer im Sprint zurück.

Während die Wagen der ersten und zweiten Klasse halb leer fuhren, drängte sich alles in die Wagen der dritten Klasse. Es gab zwar noch ein Abteil für Reisende mit Traglasten und ein Abteil für Schwerbeschädigte, uns Schülern und Arbeitern aber waren die Wagen der dritten Klasse vorbehalten. Meist hatten wir nur einen unbequemen Stehplatz in einem der Raucherabteile, eingepfercht zwischen Schulmappen, Rucksäcken, Lederjoppen und deftigen Männerwitzen.

Zum Glück dauerte diese Marter nur eine kurze Strecke, denn schon in Ebersbach, der nächsten Bahnstation, hieß es für uns umsteigen. Dieser Wechsel brachte neue Gesichter und neue Eindrücke ins morgendliche Einerlei. Schüler aus der näheren Umgebung, aus Ebersbach, Friedersdorf, Neugersdorf, Eibau und Walddorf stiegen zu und sorgten für Stimmung und Unterhaltung. Nie war es langweilig auf dieser Fahrt, immer gab es etwas Neues zu erfahren, immer wusste einer den neuesten Schülerstreich oder den peinlichsten Lehrertratsch.

Weniger interessant war dagegen die Heimfahrt am Wochenende. Manche Schüler wurden von ihren Eltern oder Bekannten mit irgendeinem klapprigen Fahrzeug von der Schule abgeholt, andere wiederum fuhren erst mit dem Abendzug nach Hause. Auch fehlten auf der Rückfahrt die Arbeiter und Berufsschüler, die immer für Unterhaltung und Kurzweil sorgten.

Meist sahen wir während der Heimfahrt aus dem Fenster und ließen die Landschaft an uns vorüberziehen. Es war immer ein aufregendes Erlebnis, wenn der Zug neben der noch in den letzten Kriegstagen gesprengten Eisenbahnbrücke nahe dem Bahnhof von Dürrhennersdorf auf einem Behelfsgleis die Senke hinab den Wiesengrund durchfuhr. In der Regel schaffte er es erst nach mehrmaligem Anlauf, aus der Senke wieder herauszukommen. Wir atmeten dann jedes Mal erleichtert auf. Waren Jungen mit uns im Abteil, kreischten wir beim Abwärtssausen, um auf uns aufmerksam zu machen. Wir suchten immer einen Grund, um mit ihnen anzubändeln. In Ebersbach trennten sich wieder die Wege; die meisten stiegen hier aus oder um, und die letzte Strecke verlief, den Gegebenheiten entsprechend, eintönig und ereignislos. Während die Hinfahrt meist wie im Fluge verging, dauerte die Heimfahrt noch mal so lange. Wenn der Funkenflug nicht allzu stark war und der Wind günstig stand, sah ich die letzten zehn Minuten immer erwartungsvoll aus dem Fenster, um irgendwo am Bahndamm ein bekanntes Gesicht zu entdecken. Sobald der Zug die Spremberger Flur erreicht hatte und Leberecht Hünlichs Baumwollspinnerei in der Ferne sichtbar wurde, erfasste mich jedes Mal ein Gefühl von Zugehörigkeit und Geborgensein, als sei ich aus einer fernen Welt in die Heimat zurückgekehrt. Rollte der Zug dann langsam in den Bahnhof ein und kam an Kohlenhünlichs Lagerschuppen mit quietschenden Rädern zum Stehen, wartete ich schon voller Ungeduld auf das mir so vertraute rollende «R» des Zugschaffners, wenn er unüberhörbar laut und deutlich unsere Bahnstation ausrief. Mir war dann, als sei ich soeben in einen sicheren Hafen eingelaufen.

Auch später, wenn ich mit dem Zug von Berlin nach Hause kam und hinter Bischofswerda dieses rollende «R» bei Ein- und Abfahrt des Zuges vernahm, wurde mir stets ganz heimatlich zumute. Hatte ich dann meinen Bahnhof erreicht, war das Erste, was mich freundlich begrüßte, die Kielwagen'sche Bahnhofsterrasse.

Die Bahnhofsterrasse gibt es schon lange nicht mehr, und auch die Gaststätte ist seit Jahren schon geschlossen. Wenn man auf den Bahnsteig gelangen will, muss man jetzt linksseits um das Bahnhofsgebäude herumlaufen, denn die große zweiflüglige Eingangstür ist verriegelt und verschlossen, und durch die verstaubten Glasscheiben blickt man in die öde Vorhalle und die dahinterliegende leer geräumte Haupthalle. Die Züge halten hier nur noch bei Bedarf. Wer aussteigen will, muss einen Knopf betätigen, wer zusteigen will, hat so an der Bahnsteigkante zu stehen, dass der Lokführer ihn sieht. Eine kosten- und zeitsparende Neuerung. Die Bahnstationen werden nicht mehr vom Zugschaffner ausgerufen, sondern im Zug von einem Band gesprochen. Das rollende «R» ist auf der Strecke geblieben. Kein Reisender wird es mehr zu hören bekommen. Die große Zeit der ländlichen Bahnhöfe und ihrer Gastlichkeit ist vorbei. Bald schon wird Gras darüber gewachsen sein. Das Gras des Vergessens wie über so vieles.

Damals, als man noch zu Tanze ging

Wu gitt's denn hinte wieder zu Tanze hie?, fragte mich die Großmutter jedes Mal, wenn ich mich am Wochenende zum Ausgehen fein machte. «Feinmachen» hieß, das gute Kleid anziehen, die Zöpfe zum Kranz hochstecken und vor dem Spiegel Wasserwellen ins gescheitelte Haar quetschen. Feinmachen hieß, die kunstseidenen Strümpfe anziehen und von den Freundinnen prüfen lassen, ob die Nähte saßen. Meist verrutschten sie und schlängelten sich in Kurven die Wade hoch. Ganz Verwegene verzichteten deshalb auf Strümpfe und malten sich die Nähte auf die nackte Haut.

Feinmachen hieß für manche auch, die abrasierten Augenbrauen, die damals noch in Mode waren, mit verkohlten Streichholzresten nachzuziehen und die Lippen mit einer halbierten Hagebutte rot zu reiben. Denn Lipgloss, Eyeliner und Kajal gab es zu meiner Zeit noch nicht.

Damals, vor mehr als fünfzig Jahren, als man noch zu Tanze ging und nicht zur Disco, gab es eine Tanzkapelle mit einem Orchesterleiter und einer Sängerin oder einem Sänger. Zu den beliebtesten in meiner Jugend zählten Irmgard Hase und Hans Innemann.

Fast jeder Ort und jedes Dorf in der Oberlausitz hatte damals einen Tanzsaal, manchmal sogar mehrere wie mein Heimatort Neusalza-Spremberg, wo es neben dem Kretscham auch noch den Ratskeller, den Tuchatsch und die Turnhalle gab.

Die Frage meiner Großmutter war also nicht so leicht zu beantworten. Sie hätte es zwar gern gehört, wenn ich mich für den örtlichen Kretscham entschieden hätte. Aber dort machte meine Mutter bei Tanzveranstaltungen immer Aushilfe, und die ganze Zeit unter den Augen meiner Mutter zu verbringen, war nicht gerade das, was ich mir unter einem vergnüglichen Tanzabend vorstellte.

Blieben noch der Tuchatsch, der Ratskeller und die Turnhalle, die ich alle drei aus den unterschiedlichsten Gründen mied. Im Tuchatsch waren die Kriegswitwen und trauernden Bräute meist in der Überzahl und tanzten den Umständen entsprechend oft paarweise miteinander, holten sich gelegentlich auch Mädchen zum Tanz, eine Gepflogenheit, die mir vor allem deshalb nicht behagte, weil ich beim Tanzen weder die Führung übernehmen noch von meinesgleichen geführt werden wollte. Auch waren im Tuchatsch oft zu viele Eltern anwesend, was ich als äußerst störend empfand.

Im Ratskeller, einer traditionsreichen Speisegaststätte am Obermarkt mit einem zur damaligen Zeit gepflegten Tanzsaal im ersten Stock, wo von der Tanzschule Luckesch aus Löbau Tanzstunden abgehalten und Bälle veranstaltet wurden, ging es mir und auch meinen Freundinnen zu vornehm zu. Hier verkehrten vor allem die Mädchen aus besseren Kreisen, die «feinen Fräuleins», wie wir sie nannten. Auch waren sie meist älter, reifer und erfahrener und hatten daher bei den Burschen auch größere Chancen als wir, die wir von ihnen «Grünes Gemüse» genannt wurden.

Die Turnhalle mit der größten Bühne und dem größten Saal des Ortes war mir zu weiträumig und ungemütlich, und nur zur Fastnachtszeit, wenn die Halle bis zur Galerie hoch voll gefüllt war, fand auch ich mich dort ein. Dann gab es kein größeres Vergnügen, als sich von dieser tanzenden, stampfenden, gröhlenden Masse mitreißen zu lassen.

Zu gewöhnlichen Tanzvergnügungen aber suchte ich mir andere Säle, die es in den Nachbarorten zur Genüge gab. Ich hätte zum Beispiel nach Oppach zu Tanze gehen können. Das Oppacher Schützenhaus war weit und breit überaus beliebt und wurde von Tanzfreudigen aus der ganzen Umgebung gern besucht, ebenso wie der Kretscham und der Erntekranz, wo an jedem Wochenende abwechselnd Tanz war.

Mich aber zog es meist nach Taubenheim zu Lipperts. Hier, in Lipperts Tanzgaststätte ging es immer ländlich gemütlich zu. Hier spielte die Kapelle Kremz, die ich besonders mochte, weil sie alle die Schlager nachspielte, die ich zuvor in der Sendung «Schlager der Woche» im Rias gehört hatte. Ganz vorn im Repertoire stand der Rudi Schuricke-Dauerbrenner «Wenn bei Capri die rote Sonne im Meer versinkt ...», aber auch «Aus weiter Ferne von Mexiko her ...» oder «Wenn das Lagerfeuer brennt ...» waren Schlager, die überall gern gehört und nachgesungen wurden.

Bei Lipperts in Taubenheim gab es sogar die Gelegenheit, seine Sangesfreude auf der Bühne zu bekunden, denn hin und wieder fand hier ein Preissingen statt. Es war immer ein Vergnügen besonderer Art, diesen Preissängern zuzuhören, von denen manche vor Aufregung keinen richtigen Ton hervorbrachten, andere aber sich aufführten, als wären sie Rudi Schuricke persönlich. Als Preis gab es meist eine Flasche Wein oder eine Schachtel Fondantpralinen.

Hinte gitt's wull wieder moal uff Taumheem, sagte meine Großmutter, als ich mir das beste Kleid anzog, das ich im Schranke hatte. Das beste Kleid war ein ärmelloses Sommerkleid mit Bolerojäckchen, das aus einem mit Blumen bedruckten Bettlaken geschneidert war. Ich besaß dann noch «für gut» einen Faltenrock aus kariertem Handtuchstoff der Firma Friese und ein zweifarbiges Kasackkleid aus den noch verwendbaren Resten alter abgetragener Kleider.

Damals, als man noch zu Tanze ging, waren Stoffe Mangelware, und man musste nehmen, was es gerade auf die Punktkarte gab. Gut dran waren jene Mädchen, die schneidern konnten und sich aus Fahnenstoff und Fallschirmseide ihre Kleider selbst nähten. Noch besser dran waren diejenigen, die hin und wieder diese begehrten Geschenkpakete «von drüben» bekamen.

Den anderen blieb nur die Möglichkeit, ihre eintönige Kleidung mit etwas Geschick und Fantasie modisch «aufzumotzen». Dieses «Aufmotzen» konnte ein besonders origineller Halsschmuck oder ein auffallender Gürtel sein. Ich verfügte über beides. Meine Großmutter hatte mir von einer Westreise einen damals gerade in Mode gekommenen breiten schwarzen Gummigürtel mitgebracht, der zu jedem Kleid und zu jedem Rock passte, und dazu einen ebenfalls in Mode gekommenen Halsschmuck, ein schwarzes, den Hals umschließendes Samtband mit einem Porzellananhänger, kurz «Mariandl» genannt. Beides wollte ich an diesem Abend tragen.

Machst dich ja hinte goar su fein, sagte die Großmutter argwöhnisch, hast wull ann Freier a Taumheem?

Der Freier, den ich in Taubenheim hatte, war ein Frisörlehrling aus Bautzen, der an jedem Wochenende seine Großeltern im Pilzdörfel besuchte und nach Taubenheim zu Tanze kam. Ich hatte ihn auf der Galerie entdeckt, wo er den halben Tanzabend verbracht hatte, und mich Hals über Kopf in ihn verknallt, denn er sah anders aus als die großen, blonden, kräftigen Bauernburschen aus Taubenheim und Umgebung, die bei Lipperts meist anzutreffen waren.

Er war nicht viel größer als ich, hatte ein schmales, fein geschnittenes Gesicht mit dunklen Augen und einem Mund, den meine Freundinnen kichernd «Kussmund» nannten. Auch sie fanden meine Entdeckung «zum Verlieben».

Als er von der Galerie herunterkam und mich zum Tanz aufforderte, kam ich mir vor wie eine, die in der Tombola das große Los gezogen hat. Er wollte mich nach Hause bringen, doch ich lehnte ab. Bisher waren wir Freundinnen immer gemeinsam nach Hause gegangen, ohne «Heemschaffer», wie wir dazu sagten. Heute aber hatte ich mir vorgenommen, mich von meiner Tanzsaal-Liebe nach Hause bringen zu lassen.

Bleib reene!, rief mir die Großmutter hinterher, und ich antwortete kess und übermütig, wo soll ich mich denn dreckig machen, ich geh doch bloß zu Tanze.

Seit ich aus der Kindheit herausgewachsen war, musste ich mir seltsam verschlüsselte Sätze anhören. «Sieh dich vor und lass dich mit keinem ein!», war einer dieser Sätze, und «nachher will er nichts mehr von dir wissen» ein weiterer Satz, der mich zum Nachdenken anregte.

Obwohl ich ahnte, was damit gemeint war, stellte ich mich dumm und fragte naiv-kindlich, was «er» denn vorher von mir wissen wolle. Aber darauf erhielt ich keine Antwort. Auch wenn ich auf die Ermahnungen meiner Mutter, die «Unschuld» nicht zu verlieren, frech und herausfordernd antwortete, «dann lass' ich sie eben am besten daheim», erfuhr ich nie das, was ich eigentlich hatte erfahren wollen. Aufklärung war zu meiner Zeit noch nicht in Mode.

Wie immer, wenn ich zu Tanze ging, versuchte meine Mutter mich zu überzeugen, Schnitten für den langen Abend mitzunehmen. Denn es war in jenen Zeiten, wo es noch Lebensmittelkarten gab, nicht ungewöhnlich, sein

Abendbrot mitzubringen, das man dann in der Pause mit seinem Tanzpartner redlich teilte.

Die besten Schnitten hatten immer die Bauernmädchen mit, die dann auch kurz vor der Tanzpause bevorzugt zum Tanz aufgefordert wurden. Schon aus diesem Grunde weigerte ich mich, Schnitten mitzunehmen. Wer mich zum Tanze holte, sollte mich aus Sympathie holen und nicht wegen einer Butterbemme. Meine Tanzsaal-Liebe, da war ich mir sicher, würde nicht auf die Hucke Schnitten schauen, die manche Mädchen mitbrachten. Dass du dich da nicht täuschst, sagte meine Mutter, Liebe geht durch den Magen. – Wie recht sie hatte.

Bis zur Damenwahl tanzten wir noch jede Tour zusammen, dann holte eine andere ihn zum Tanz, weil ich nicht schnell genug war. Es widerstrebte mir, im Wettlauf mit den anderen Mädchen über den Tanzsaal zu flitzen, nur um den Mann meiner Wahl zu bekommen. Nun hatte ich das Nachsehen; er tanzte nicht nur die darauf folgende Anstandstour mit ihr, sondern auch noch die letzte Tour vor der Tanzpause, um sich dann an ihrem Tisch verköstigen zu lassen. Eine Niedertracht, wie ich fand. Er aber schien das für sein gutes Recht zu halten, mampfte eine Schnitte um die andere in sich hinein und vergaß, dass er sich an diesem Abend mit mir verabredet hatte.

Ich war so enttäuscht, dass ich mir bei der nächsten Damenwahl den Nächstbesten vom Nachbartisch holte, wo gewöhnlich die Taubenheimer saßen. Mit ihm tanzte ich auch die folgenden Touren. Er wohnte ganz in der Nähe von Lipperts Gaststätte und wollte sein Fahrrad holen, um mich nach Hause zu bringen.

Als ich an meinen Platz zurückkehrte, lag ein Zettel auf dem Tisch: «Aber der letzte Tanz gehört mir!»

Der letzte Tanz war für alle der Offenbarungstanz.

Wer jetzt miteinander tanzte, ging auch miteinander nach Hause. Es war immer ein Foxtrott, den die Kapelle Kremz zum Abschied spielte und den manche mitsangen: «Auf Wiedersehn, auf Wiedersehn, bleib nicht so lange fort. Das nächste Mal wird's wieder schön, darauf hast du mein Wort ...»

Ich tanzte den letzten Tanz weder mit dem Taubenheimer noch mit meiner Tanzsaal-Liebe. Ich ging, noch ehe der Tanz begann, allein nach Hause, enttäuscht und um eine Erfahrung reicher.

Ich hätte nie gedacht, dass ich ein halbes Jahrhundert später einmal in diesem Ort wohnen würde, wo ich so oft zu Tanze war.

Lipperts Gaststätte, jetzt «Haus Oberlausitz» genannt, gibt's zwar noch, ist aber ein Meditationszentrum geworden, ein Haus der Stille und Besinnung. Tanz und Faschingslärm wird es hier wohl kaum mehr geben.

Ich bleibe gern davor stehen, denn es ist vom neuen Besitzer mit viel Aufwand und Sachverstand restauriert worden, während die meisten Tanzgaststätten aus jener Zeit im Dornröschenschlaf dahindämmern. Nur hin und wieder erinnert sich noch einer daran, wie es war, damals, als man dorthin noch zu Tanze ging.

Meine Berge

«Auf die Berge will ich steigen,
wo die dunkeln Tannen ragen, Bäche rauschen,
Vögel singen und die stolzen Wolken jagen.»
(Heinrich Heine: «Harzreise», 1826)

Seit jeher haben Berge die Menschen fasziniert. Dichter haben sie besungen, Maler haben sie gemalt und das Volk hat sie mit Sagen umwoben. Wanderern bieten sie beim Besteigen reizvolle Ausblicke, Sonntagsausflüglern erholsames Ausspannen vom Alltag.

Wenn mein Vater am Sonntag den Spazierstock hervorholte und sich die Wanderschuhe anzog, dann wusste ich, es geht in die Berge. Die Berge, das waren für uns der Bieleboh, der Kottmar und der Jüttelsberg. Zu jedem Berg hatten wir eine besondere Beziehung. Ich liebte am meisten den Jüttelsberg, denn der Weg zu ihm am Schwarzen Teich vorbei, begleitet von Fichten und Tannen, von lustigen Fliegenpilzen und wuseligen Ameisenhügeln, war für mich der interessanteste. Im Winter auf Schneeschuhen, reizte mich die lange sanfte Abfahrt von der Kuppe bis hinab ins Waldestal.

Meine Mutter aber zog es mehr zum Kottmar hin. Der Kottmar, dieser Wunderberg, der einen Fluss gebiert. Meine Mutter staunte jedes Mal aufs Neue, wie aus dem winzigen Rinnsal, das dem Berg hier entsprang, dieser bedeutsame Fluss heranwachsen konnte, der in unserem Ort gerade erst vier Dörfer alt war. Mindestens einmal im Jahr bestand sie darauf, den Kottmar zu besuchen, um zu sehen, wie die Spree geboren wurde.

Meine Großmutter hingegen bevorzugte von allen Bergen der Umgebung den Bieleboh, und das aus einem ganz und gar pragmatischen Grund. Immer, wenn wir in der gastlichen Bergbaude einkehrten, erkundigte sie sich über alle Gäste hinweg, ob die Öfen noch stünden. Diese Öfen waren die erste Arbeit gewesen, die mein Großvater, der als blutjunger Ofensetzer aus Preußen eingewandert war, bekommen hatte. Er hatte es unter den ansässigen Ofensetzern nicht leicht, sich durchzusetzen. Umso größer war die Freude gewesen, als die Wirtsleute vom Bieleboh ausgerechnet ihm diesen Auftrag erteilt hatten. Dass er Leiterwagen für Leiterwagen mit Material und Handwerkszeug den Berg hatte hinaufkarren müssen, war eine unerhebliche Nebenerscheinung, über die in unserer Familie nie geklagt wurde. Fest stand, der Bieleboh hatte die berufliche Existenz meines Großvaters begründet. Das vergaß meine Großmutter nie.

Mein Vater bevorzugte weder den einen noch den anderen Berg. Wichtig war ihm nur, dass der Berg eine Gaststätte hatte, in der er ein gutes Bier bekam.

Ein richtiger Wandersmann jedoch braucht keine Gaststätte und auch kein Bier. Ihm genügen die mannigfaltigen Entdeckungen am Wegesrand und die einmalige Aussicht, die der Berg ihm bietet, ein jeder auf seine Weise. Denn kein Berg gleicht dem anderen; ein jeder hat sein eigenes Gesicht und seinen eigenen Charakter. Da gibt es die heiteren, freundlichen wie die Landeskrone und den Löbauer Berg, die ihre Besucher schon von Weitem grüßen, und die düsteren, bärtigen, bis zum Gipfel bewaldeten wie den Czorneboh und den sagenumwobenen Valtenberg. Da gibt es die verträumten, romantischen wie den Rotstein, der im Frühjahr seine Besucher mit den seltenen

Leberblümchen überrascht, und da gibt es die schroffen, abweisenden, schwer zu bezwingenden, die aber in unserem Lausitzer Bergland nur selten anzutreffen sind. Unsere Berge sind in der Regel mild und lieblich und für alle zugänglich. Manche sind so klein, dass man sie Hügel nennen könnte. Wie der Häntscheberg, der mich in der Kindheit jeden Morgen beim Aufstehen durchs Kammerfenster grüßte. Damals hielt ich ihn für einen Zauberberg, denn er war in der Ferne blau und verwandelte sich in Grün, sobald ich mich ihm näherte. Er war der Hausberg meines Heimatortes.

Es ist eine Eigenart unserer Region, dass fast jeder Ort in der südlichen Oberlausitz einen Hausberg besitzt, einen kleinen oder mittleren oder gar großen wie den Löbauer Berg oder die Landeskrone.

Als ich die Oberschule in Löbau besuchte, wurde der Löbauer Berg mein Hausberg, auf dem ich in jeder freien Minute herumstromerte und mich mit Freunden im «Pärchenwald» zum Stelldichein traf. Als ich dann die Schule wechselte und nach Bautzen kam, war das Erste, wonach ich suchte, der Hausberg. Es wollte mir nicht in den Sinn, dass die Hauptstadt der Oberlausitz keinen Hausberg besaß, wenn man mal vom Mönchswalder absah, der für ein Stelldichein zu weit entfernt war. Dass Bautzen anderes zu bieten hatte, erfuhr ich, als mir ein Schulfreund die reizvolle Teichlandschaft hinter Bautzen zeigte.

Immer aber sind es die Berge, die mir zuerst einfallen, wenn ich die Gegend beschreiben soll, aus der ich komme.

Walpurgis

Jedes Jahr zu Walpurgis, wenn überall in den Orten die Feuerstöße angezündet werden, wenn aus Bierzelten Discomusik und Stimmengewirr den Abendgesang der Amsel übertönen und Bratwurstdunst die Luft verpestet, wenn ohrenbetäubend laut ein Discjockey das Programm verkündet, dann fällt mir dieser stille Walpurgistag meiner Jugend ein, als wir mit Neubs, unserem Klassenlehrer, durch lange einsame Dörfer, über Felder und Wiesen hinweg in die Berge zogen, wo am Abend die Hexenfeuer brennen sollten.

Gleich nach dem Unterricht brachen wir auf. Es war ein außergewöhnlich schöner Frühlingstag, in den Gärten und Parks zeigte sich schon der Flieder, weiß und lilablau, und an den Rhododendronbüschen in den Schilleranlagen waren früher als sonst die Knospen aufgesprungen. Der Himmel über Bautzen, an dessem Zenit die Sonne wie ein goldener Brand loderte, war von einem so reinen, makellosen Blau, dass einem beim Hinaufschauen die Augen schmerzten. Es war ein Glückstag, einer jener Tage, die froh und beschwingt machen, ohne ersichtlichen Grund.

Wir zogen ausgelassen und schwätzend die Schilleranlagen entlang, überquerten am Ende des Parks die Bahnhofstraße und verließen Bautzen in östlicher Richtung, vorbei an Villen und hohen grauen Geschäftshäusern, die uns eine Straßenzeile lang Schatten spendeten.

Es war schon hoher Mittag, als wir Mehltheuer erreichten. «Mehltheuer», ein Ortsname, den ich noch nie zuvor gehört hatte, und voller Übermut rief ich ein ums andere Mal «Mehltheuer, Mehltheuer, Butter billig, Mehl teuer.»

«Und Schnaps ohne Steuer», ergänzte einer aus der Klasse, während ein anderer witzelnd hinzufügte: «Mehl teuer, Butter billig, Schnaps ohne Steuer und die Mädels willig.» Vergnügt und ausgelassen grölten wir dieses gemeinsam fabrizierte Begrüßungslied.

Ein Bauer mit zwei Osterlämmern im Geleit, die er auf die Weide führte, kam uns entgegen und blieb kopfschüttelnd mit griesgrämiger Miene stehen. Neubs grüßte freundlich, lächelte und sagte, was für ein schöner Tag, nicht wahr? Ihr führt heut Eure Lämmer aus, und ich hab' meine Kälbchen rausgelassen, daher sind sie etwas ausgelassen, seht's ihnen nach!

Der Bauer stutzte einen Augenblick, lächelte dann einlenkend und bot uns großmütig an, auf seiner Wiese am Hang Rast zu machen.

Die Wiese war ein goldenes Meer von Maiblumen, begrenzt von den weiß und rosa blühenden Apfelbäumen am Straßenrand. Wir durften uns im Schatten dieser Bäume niederlassen und hier unsere Marschverpflegung verzehren, die wir in Rucksäcken und Umhängetaschen mitgeschleppt hatten.

Der Bauer erklärte uns dann noch den kürzesten Weg zum Czorneboh, ließ uns die Lämmer tätscheln und wünschte allen viel Spaß beim Hexenbrennen.

Der Hexenhaufen war schon aufgesetzt, als wir am späten Nachmittag endlich den Czorneboh erreichten. Neubs war rüstig vorangeschritten und saß schon bei einem Humpen Bier, während wir uns, verschwitzt und ermattet, einen schattigen Platz in der Nähe des Reisighaufens suchten.

Eine Gruppe Jugendlicher war damit beschäftigt, Holz und Reisig herbeizuschleppen, um den Haufen noch höher aufzutürmen. Etwas abseits im Wald hatten sich verliebte Pärchen niedergelassen und sangen Wanderlieder, die ein junger Bursche mit der Gitarre begleitete. Ein paar von uns stimmten in den Gesang ein, und auch ich sang aus voller Kehle mit. Neubs gesellte sich mit seinem Bier dazu, spendierte einem jeden von uns eine Fassbrause und verkündete genüsslich, dass Bier sein flüssiges Brot sei.

Er erzählte uns aus seiner Studentenzeit, in der dieser Gerstensaft an manchen Tagen sein einziges Nahrungsmittel gewesen sei, das den Bauch gefüllt, den Kopf aber klar gelassen habe. Es schien, als sei diese Zeit die glücklichste seines Lebens gewesen. Er schwärmte von den Fahrten, die er gemeinsam mit seinen Kommilitonen unternommen hatte, von geselligen Abenden in seiner Studentenbude und von Tanzvergnügungen unter freiem Himmel. Er schmunzelte, als er von den Tanzstundendamen sprach, die beim Wiener Walzer mit unendlicher Geduld seine stümperhaften Bemühungen ertragen hatten. Er lästerte über seinen Bauch, dieses «Brathähnchengrab», und gestand uns, dass dieser Bauch damals schon eine natürliche Barriere beim Paartanz gewesen und er daher nie näher an seine Herzensdame herangekommen sei. Dennoch habe er sich das Vergnügen zu tanzen nicht nehmen lassen. Seinen Schilderungen nach musste er ein daseinsfreudiger, lebenslustiger Bursche gewesen sein, und ich fragte ihn, wieso er sich ausgerechnet für den Priesterberuf entschieden habe, denn er war katholischer Priester und unterrichtete unsere Klasse in Latein, da sich kein anderer Lehrer für dieses Fach gefunden hatte.

Er sah mich lächelnd an, seufzte und sagte, ach, das ist ein weites Feld, meine liebe Ati, ein weites.

Ich hätte gern mehr aus seinem Leben erfahren, wagte aber nicht, danach zu fragen. Inzwischen war es Abend geworden, und der Wirt kam und zündete selbst den

Reisighaufen an. Wir setzten uns in einem weiten Kreis ums Feuer, das die einheimischen Burschen mit Knüppeln und Stöcken am Lodern hielten. Als der Stoß allmählich heruntergebrannt war, sprangen die Mutigsten mit ihren Mädchen über die verglimmende Glut. Ein alter Brauch besagte, dass geheime Wünsche beim Sprung übers Feuer in Erfüllung gingen, wenn die Paare schadlos die andere Seite erreichten, während diejenigen, die es nicht gemeinsam schafften, auch im Leben nicht als Paar zusammenblieben, ein Orakel, das nicht allen das erhoffte Liebesglück verhieß. Manche Paare sprangen daher gleich mehrmals über die Flammen, nachdem ihre ersten Versuche gescheitert waren. Auf diese Weise gelangten sie doch noch zu dem ersehnten guten Ausgang. Neubs nannte das Selbstbetrug und riet allen Pärchen, erst dann zu springen, wenn das Feuer bereits am Erlöschen sei, eine etwas andere Art von Selbstbetrug, wie er schmunzelnd eingestand.

Es dunkelte bereits, als Neubs uns sanft zum Aufbruch mahnte, denn wir hatten noch einen weiten Heimweg. Obwohl gerade jetzt die Fröhlichkeit am größten war und der Tanz in den Mai hinein begonnen hatte, folgten wir Neubs wie eine gefügige Lämmerherde. Auf dem steilen, steinigen Pfad, der hinab ins Tal führte, war es beschwerlich für ihn, mit uns mitzuhalten, und so nahmen ihn die Kräftigsten von uns in die Mitte und stützten ihn ab. Ein paar Sangesfreudige stimmten das Lied vom guten Mond an, obwohl kein Mond weit und breit zu sehen war, und auch die Sterne hielten sich noch bedeckt. Erst als wir den Wald verlassen hatten und über die Wiesen heimwärts wanderten, sahen wir den Mond am noch hellen Abendhimmel aufziehen, still und leise, wie der Dichter es beschrieben hatte. Ab und zu stieg aus den Wiesen ein schwerer süßlicher Duft herauf, gesammelter Atem aus Kräutern und Gräsern, der uns ein kurzes Wegstück lang begleitete und sich dann verflüchtigte im Abendwind. Wärmeschwaden schlugen uns auf den Feldwegen entgegen und wechselten ab mit Kältezonen, die aus den Flussauen zu uns herüberwaberten. Eine aufgeschreckte Fledermaus schwirrte im Tiefflug über uns hinweg und stieß kurze piepsende Laute aus. Aus einem Weiher am Waldrand schickten Unken ihre liebestollen Rufe in die Nacht, glockenhell und sehnsuchtsvoll, und von ferne, aus der Tiefe des Waldes, drang das Gebell eines Fuchses zu uns herüber, heiser und abgehackt und zürnend wie ein gestörter Einsiedler. Ein Waldkauz antwortete ihm mit seinem lauten, durchdringenden «Kiwitt». Hoch oben auf einer Baumkrone sang unverdrossen eine Amsel ihr verspätetes Abendlied.

Neubs hielt inne, scharte uns um sich und sagte, die Natur hält Andacht, hört genau hin, ihr werdet nicht oft solche Stunden erleben.

Jahre später erst wird mir bewusst werden, dass es Sternstunden waren. Stunden, die nicht in unserem Gedächtnis, sondern in unserem Herzen aufbewahrt sind, denn «unsere größten Erlebnisse sind nicht unsere lautesten, sondern unsere stillsten Stunden», wie Jean Paul, der Schriftsteller und Predigersohn es einmal so treffend formuliert hat.

Mehr als ein halbes Jahrhundert ist inzwischen vergangen. Doch immer noch tritt dieser stille Walpurgistag so unauslöschlich stark aus der Erinnerung, dass ich jedes Geräusch fast körperlich wahrnehme – das ungestüme Prasseln des lichterloh brennenden Reisighaufens, das leise, sich verabschiedende Knistern beim Herunterbrennen, den von ermunterten Zurufen begleiteten Sprung über die erlöschende Glut. Und immer noch nach so langer Zeit höre ich die Lieder aus den Häusern und Gärtchen, an denen wir vorüberzogen, sehe die Bewohner im Schein ihres niederbrennenden Reisighaufens, alte und junge, auf dem «Feierabendbänkl» vorm Hause sitzen und lausche ihren Weisen. Ein Mädchen mit einer Laute sang ein Lied, das mich seitdem nicht mehr verlassen hat und das immer abrufbar ist, so oft ich daran denke, eine wehmütige, süßliche Melodie mit einem ebenso wehmütigen Text: «Bleib bei mir, geh nicht fort, lass mich heut Abend nicht allein, denn ich kann ohne dich nicht glücklich sein.»

Es war tiefe Nacht, als wir in Bautzen ankamen, müde, hungrig und erschöpft, aber immer noch in dieser ausgelassenen Jungeleutestimmung. Einer aus der Garde der Lateiner verabschiedete sich bei Neubs mit den Worten «gratias agemus, Magistro!» und Neubs erwiderte: «Gratias mei amici.»

Keiner von uns ahnte zu dieser Zeit, dass unser geliebter Klassenlehrer die nächste Walpurgisnacht nicht mehr erleben würde. Es war wieder einer von jenen vorweggenommenen stillen Abschieden, die uns erst im Nachhinein so schmerzhaft bewusst werden.

Sein Grab auf dem Bautzener Nikolaifriedhof mit der lateinischen Inschrift «Orate pro me» finde ich nicht mehr, wahrscheinlich ist es verfallen, aber die Gedenkstätte, die er in meinem Herzen hat, ist unvergänglich.

Friedhofsbesuch

Ich war gerade erst acht Jahre alt, als meine Mutter mich zum ersten Male mit auf einen fremden Friedhof nahm. Es war der Waldfriedhof auf dem Weißen Hirsch in Dresden. Mein Onkel, der damals in Dresden wohnte, hatte uns zu einem Besuch eingeladen. Er wollte uns die Stadt zeigen, den Zoologischen Garten, den Zwinger, die Staatsoper. Meine Mutter aber wollte zuerst den Friedhof sehen, sie wollte immer zuerst den Friedhof sehen. Friedhöfe haben so eine Stimmung, sagte sie, wenn sie darauf angesprochen wurde, so eine heitere Wehmut, die es sonst nirgends gibt.

Der Weg zu diesem Friedhof war nicht weit, vorbei an schmucken Villen und gepflegten Gärten. Meine Mutter führte mich an der Hand, was sie sonst nie tat, und als sie das schwere schmiedeeiserne Friedhofstor öffnete, das die Lebenden von den Toten trennt, flüsterte sie mir zu, leise zu sein.

Noch heute spüre ich die seltsam feierliche Stimmung, die uns umfing, als wir diesen großen, parkähnlichen Friedhof betraten. Der Paradiesgarten hätte nicht schöner sein können. Blumen in allen Sorten und Farben, blühende Rhododendronbüsche, duftender Jasmin – und Engel, wohin ich blickte.

Engel aus Marmor, Sandstein, Holz und Kupfer. Gleich links vom Eingang ein überlebensgroßer Engel, halb schwebend über einem Grab, den ausgestreckten Arm schützend darübergehalten. Weiter hinten, an den Grüften, lockengesichtige Engelsköpfe über den Grabmalen.

Sie blickten, die Flügel leicht ausgebreitet, mild auf uns herab. Ein großer Engel vor einer Familiengruft tröstete eine sitzende Frau, seine Hand lag sanft auf der Schulter der Trauernden. Ein anderer Engel führte ein Kind an der Hand; sein in den Himmel weisender Arm deutete an, wohin der Weg ging.

Ich konnte mich nicht sattsehen an dieser Engelspracht und eilte von Grabstätte zu Grabstätte, während meine Mutter still und nachdenklich die Inschriften las, die in die Grabsteine eingemeißelt waren.

Da trauerte ein Ehepaar um sein einziges Glück, die innig geliebte Tochter; ein Ehemann beklagte den frühen Tod seiner lieben Frau und seines kurz zuvor gestorbenen Kindes.

Schicksale, Tragödien, Lebensläufe. In jedem Grab liegt eine Geschichte verborgen. Meine Mutter wird sie gelesen haben, wenn sie sinnend davor verweilte. Vielleicht war es das, was sie an Friedhöfen so faszinierte. Vielleicht aber suchte sie Trost in den Sprüchen, die auf manchen Grabsteinen verewigt waren und die sie sich selbst halblaut vorlas: «Wer im Gedächtnis seiner Lieben bleibt, der ist nicht tot, nur fern.» – «Du bist nicht von uns gegangen, sondern uns nur ein Stück voraus.»

Diese Sprüche werden ihr einen Friedhofsnachmittag lang Trost gespendet haben, denn sie hatte ihren einzigen Sohn, meinen geliebten Bruder, im Krieg verloren und konnte seinen Verlust nie verwinden.

Jahrzehnte später suchte ich diesen Friedhof noch einmal auf und war überrascht, wie wenig sich hier verändert hatte. Als sei die Zeit stehengeblieben, fand ich alles noch so vor, wie ich es in der Erinnerung hatte. Nur der schwebende Engel mit dem ausgestreckten Arm hatte sich davongemacht. Die Grabstätte, die er beschützt hatte, war verfallen und von Efeu umwuchert. Und die Sonnenbank, auf der sich meine Mutter ausgeruht hatte, stand jetzt im Schatten, umgeben von hohen Bäumen. Damals waren es noch Sträucher gewesen. Ein untrüglicher Nachweis dafür, dass die Zeit doch nicht stehengeblieben war.

Nirgendwo sonst spüren wir so deutlich das Werden und Vergehen allen Lebens wie an diesem Ort. Friedhöfe sind Spiegel der Vergänglichkeit.

Wenn ich in meinem Heimatort über den Friedhof gehe und die Grabinschriften lese, finde ich alle Namen wieder, die mir aus der Kindheit vertraut sind. Ein ganzer Ort ist auf den Friedhof ausgewandert.

Aber Friedhöfe haben neben dieser Vergänglichkeitsbotschaft auch eine heitere, dem Leben zugewandte Seite. Wo sonst lebt es sich für Schmetterlinge, Vögel, Igel und anderes Getier so ungestört wie hier. Auch für Liebespärchen sind Friedhöfe mit ihren lauschigen Plätzen und verborgenen Bänken ein willkommener Aufenthaltsort. «Friedhofspärchen belauschen» war in meiner Kindheit ein beliebtes Spiel. Später, im Internat, war der Friedhof für manche von uns ein Ort, um ungestört lernen zu können. Gelegentlich fanden wir uns auch hier ein, um heimlich das Rauchen auszuprobieren oder erste Küsse. Heute aber ist der Friedhof für mich ein wundersamer und sicherer Ort meiner zukünftigen Bleibe.

Heiratsmarkt für Senioren

Hannes, mein Lieblingscousin, ist der Einzige aus der großen Schar meiner Verwandtschaft väterlicherseits, den ich nach unserer Rückkehr in die Heimat wiedergetroffen habe. Die anderen leben alle im Lande verstreut, nur er ist der Heimat treu geblieben. Bei unserem Wiedersehen war er noch der alte fröhliche, immer zu Scherzen aufgelegte Geselle, der zu Familienfeiern die ganze Gesellschaft unterhalten konnte. Er erzählte keine Schnurren und auch keine Witze, sein Humor kam von innen, aus der Heiterkeit seines Herzens, und entstand aus dem Augenblick heraus. Das konnte eine scherzhafte Unterbrechung einer langweiligen Tischrede oder eine pfiffige Erwiderung auf eine provozierende Frage sein. Mit seinen spontanen witzigen Eingebungen gelang es ihm stets, alle Anwesenden in ausgelassene Stimmung zu versetzen. Sein heiteres Naturell scheint ihm in die Wiege gelegt; schon sein Gesicht hat etwas spitzbübisch Verschmitztes, was sich vor allem in seinen Augen widerspiegelt. Jeder, der ihm damals begegnete, musste annehmen, er sei ein glücklicher Mensch. Und das war er auch. Bis zu dem Tage, an dem Marianne starb.

Marianne war seine Ehefrau. Er hatte viele Jahre in Liebe und Eintracht mit ihr verlebt und eine Ehe geführt, die man ohne Abstriche glücklich nennen konnte. Ihr Tod traf ihn tief. Seine Lebensfreude war dahin, der Schalk in seinen Augen erloschen. Alles Zureden, sich nicht in Einsamkeit zu vergraben, sondern nach einer neuen Lebensgefährtin Ausschau zu halten, denn schließlich war er noch ein Mann in den besten Jahren, stieß auf taube

Ohren. Er habe Marianne aus Liebe geheiratet, und wo bitte würde ihm noch einmal eine Frau begegnen, für die er Liebe oder zumindest Zuneigung empfinden könne. Die Zeiten, in denen man sich noch auf Anhieb verliebte, seien vorbei. Und auf eine Heiratsannonce zu antworten oder gar selbst eine aufzugeben, sei nicht sein Fall. Ja, wenn es so etwas wie einen Heiratsmarkt für Senioren gäbe, wo man sich ganz zwanglos und unauffällig nach einer Frau umsehen könnte, dann vielleicht, denn er sei ein altmodischer Mann und wolle eine Frau noch erobern und nicht auf dem Präsentierteller angeboten bekommen. Basta. Damit war das Gespräch beendet.

«Partnerbörse», «Kontaktbüro» oder «Er sucht Sie» waren Vorschläge von mir, die nur ein müdes Lächeln bei ihm auslösten. Mein Lieblingscousin hatte sich fürs Alleinsein entschieden. Selbst Familienfeiern, wo man ihm ganz unauffällig eine Partnersuchende hätte zuspielen können, mied er. Er war ein Einzelgänger geworden.

Umso mehr überraschte mich eines Tages seine Ankündigung, uns mit Anne, seiner neuen Frau, besuchen zu kommen. Wir konnten es kaum glauben, mein Lieblingscousin hatte wieder eine Frau an seiner Seite. Aber wo um alles in der Welt hatte er sie kennengelernt? Beim Wochenendeinkauf in der Halle oder im Friseursalon beim Haareschneiden? Eine andere Möglichkeit gab es kaum für ihn. Oder doch ein Zeitungsinserat? Und wie würde sie aussehen? Blond wie Marianne oder dunkelhaarig oder gar graumeliert? Unsere Neugier wuchs von Tag zu Tag. Womöglich war er auf eine Heiratsschwindlerin hereingefallen. Man hörte immer wieder mal von «Schwarzen Witwen», die ihr Netz um einsame Männer spinnen.

Vielleicht war es aber auch nur die Briefträgerin, die vielleicht wie er verwitwet war und ab und zu einen Schwatz mit ihm machte, rätselten wir, oder es war die

Kaufhallenkassiererin, die gerade geschieden war und einen neuen Partner suchte. Möglicherweise aber war es eine noch ledige und bereits in die Jahre gekommene Mitbewohnerin, die von der einmaligen Gelegenheit, im Sommerschlussverkauf ihres Lebens doch noch einen Mann zu erwerben, Gebrauch gemacht hatte. Doch dann war alles ganz anders, als wir uns das ausgemalt hatten, und der Ort des Kennenlernens so ungewöhnlich und doch so naheliegend, dass wir uns wunderten, nicht von selbst drauf gekommen zu sein.

Strahlend und mit dem alten Schalk in den Augen stellte uns Hannes seinen «Schatz», wie er die blonde Frau an seiner Seite nannte, vor. Er hatte sie nun doch auf dem «Heiratsmarkt für Senioren» kennengelernt, ließ er uns wissen.

Wir wunderten uns. Von einem Heiratsmarkt für Senioren hatten wir noch nie gehört.

Anne, sein blonder Schatz, nickte bestätigend. Sie war verwitwet und sogar ein paar Jahre älter als er, wie sie uns lächelnd gestand. Ihr offenes Wesen aber und ihre sympathische Ausstrahlung machten sie jünger, und ihr gepflegtes Äußeres tat ein Übriges dazu. Sie war eine Eroberung, mit der man sich sehen lassen konnte.

An einem Sonntagmorgen auf dem Friedhof sei sie ihm begegnet, ganz zufällig, ganz schicksalhaft, erklärte uns mein Lieblingscousin. Sie habe ihn um eine Grabvase gebeten, weil die ihre abhanden gekommen war.

Wir horchten erstaunt auf. Auf dem Friedhof also waren sie einander begegnet. Hannes nickte: Sie stand vor mir mit einem großen Blumenstrauß, ganz plötzlich, ganz unverhofft, geradeso, als wäre sie vom Himmel gefallen, und ich wusste in diesem Augenblick, die ist es. Aber ich sah sie nicht wieder. So plötzlich wie sie aufgetaucht war, war sie auch verschwunden.

Die Grabvase lag eines Tages wieder hinter dem Grabstein, versehen mit einem Zettel und den Worten «Vielen Dank fürs Borgen». Kein Name, kein Hinweis auf ein Wiedersehen.

Vergebens hatte er gehofft, die Vase möge ihr noch einmal gestohlen werden. Hätte er wenigstens die Grabstelle gewusst, er hätte sie selbst entwendet, gestand er uns.

Doch dann, wieder an einem Sonntagmorgen, traf er zufällig beim Gießwasserholen mit ihr zusammen. Er hatte seine Kannen schon gefüllt, als sie lächelnd auf ihn zukam.

Und dann, ja und dann ging alles sehr schnell, erklärte uns Hannes, ich packte die Gelegenheit beim Schopfe und lud sie zu einer Tasse Kaffee ein. Seitdem sind wir ein Paar.

Wir fassten es nicht, dieser zurückgezogene und am Leben nicht mehr teilnehmende Witwer hatte wieder ins Leben zurückgefunden, und das ausgerechnet auf einem Friedhof, wo alles Leben endet. Der Schalk in seinen Augen blitzte wieder auf, als er sagte, ja, was Friedhöfe so alles können. Sogar als Heiratsmarkt eignen sie sich. Wo sonst hätte ich so eine Frau gefunden und auch erobert, es war eine himmlische Fügung.

Anne, die «Eroberte», lächelte vieldeutig und schwieg. Sie hatte überhaupt noch nicht viel geredet. Doch dann, als Hannes kurz mal hinausging, konnte sie nicht mehr an sich halten, lachte und sagte, erobert habe ich ihn, er weiß es nur nicht. Und das mit dem Zufall stimmt auch nicht. Ich habe schon ein bisschen nachgeholfen.

Und dann erzählte sie uns ihre Version der Geschichte.

Seit Längerem schon habe sie nach einem Partner Ausschau gehalten, denn das Alleinsein nach dreißig glücklichen Ehejahren sei ihr nicht bekommen. Aber die Männer, die auf ihre Annonce geantwortet hätten, seien entweder zu alt, zu krank, zu langweilig oder zu humorlos gewesen. Da sei sie auf die Idee gekommen, sich auf dem Friedhof nach einem Mann umzusehen, denn wo sonst biete sich die einmalige Gelegenheit, gleich mehrere Witwer im Angebot zu haben und sie unbemerkt aus der Ferne beobachten zu können. Und ein Witwer sollte es schon sein, kein Geschiedener oder in die Jahre gekommener Junggeselle. Bei einem Geschiedenen wisse man nie so recht den Grund, er könne unschuldig sein, aber auch ein Schläger, Trinker, Fremdgeher sein. Man könne Glück mit ihm haben, man könne aber auch tüchtig reinfallen mit ihm, ein Risiko, das sie nicht eingehen wollte. Und erst recht nicht mit einem Junggesellen, der sein Leben genossen und fürs Alter eine Pflegestelle suchte. Ein Witwer aber und noch dazu einer, der das Grab seiner Frau liebevoll pflegt, müsse ein guter Mensch sein. Daher habe sie sich gerade hier auf die Suche gemacht. Das Angebot an einsamen Witwern sei zwar ausreichend gewesen, jedoch habe nicht jeder ihren Vorstellungen entsprochen. Zu ungepflegt der eine, zu gebrechlich der andere. Doch dann habe sie «ihn» entdeckt und sofort gewusst, der ist es. Er stand am Grab mit einem großen Feldblumenstrauß. Feldblumen bekommt man nicht im Blumenladen, Feldblumen muss man pflücken. Ein Mann, der Feldblumen pflückt, muss die Natur lieben und einen gesunden Rücken haben. Von da an habe sie ihn im Auge behalten und dabei festgestellt, dass er außerdem auch noch über ein angenehmes Äußeres verfügte. Nun sei es nur noch eine Frage der Zeit gewesen, sich ihm bemerkbar zu machen. Dass ihr die Grabvase dabei als Vorwand gedient habe, um mit ihm ins Gespräch zu kommen, sei ein Einfall, für den sie sich heute noch beglückwünsche. Aber sie sei behutsam vorgegangen, habe nichts überstürzt und ihn nicht bedrängt, habe sich rar gemacht und ihm den ersten Schritt überlassen. Denn Männer, sagte sie, Männer wollen immer die Eroberer sein, besonders die vom alten Schlage.

Als Hannes wieder den Raum betrat, kannten wir bereits die ganze Geschichte und konnten uns ein Lächeln nicht verkneifen, als er sagte, na, wie findet ihr meine Eroberung?

Einmalig, erwiderten wir wie aus einem Munde. Und was für ein origineller Heiratsmarkt. Wenn sich das erst rumspricht.

Aufgehobenes

Wie gut, dass man nie weiß,
wann etwas zum letzten Male geschieht.
Wie oft müsste man sonst Abschied nehmen.

Häuser sterben, wenn keiner mehr
drin wohnt. – Herzen auch.

Wir werden alt, wenn uns Leute plötzlich
jünger erscheinen, die wir früher für bedeutend
älter gehalten haben.

Als ich Kind war, betraf Sterben immer andere.
Jetzt betrifft Sterben immer mich.

Je geringer die Angst vorm Tode wird,
desto größer wird sie vorm Sterben.

Das Umgebindehaus

Immer, wenn ich das liebe alte Haus betrat, in dem meine Weifaer Großeltern lebten, hatte ich das Gefühl, in eine andere Welt einzutauchen. Alles war hier anders als in dem Steinhaus, aus dem ich kam. Schon der Eingang, dieses hölzerne, windschiefe Etwas von der Größe eines Schilderhauses, ließ sich nicht vergleichen mit dem verandaähnlichen Eingangsvorbau unseres Hauses, zu dem sieben Steinstufen hinaufführten. In dieses Haus aber ging man ebenerdig hinein und ebenerdig durch eine Hintertür wieder hinaus. Es war, als sei es mit der Erde verbunden oder aus ihr herausgewachsen. Was mich aber an diesem Haus am meisten beeindruckte, waren die kleinen, durch Sprossen geteilten Fenster, die in der einzigen bewohnbaren Stube, die das Erdgeschoss hatte, von drei Seiten her Licht in den Raum ließen. Man konnte von dieser Stube aus den Lauf der Sonne verfolgen. Die Fenster waren nicht mit Gardinen verhangen, sondern zeigten die Landschaft, als wäre sie in viele kleine Bilder gerahmt. Abends schoben die Großeltern statt Vorhänge hölzerne Läden vor die Fenster, die dem Raum Wärme und Geborgenheit gaben. Eine steile Holztreppe führte hinauf zu den Bodenkammern und ächzte, wenn man sie betrat, als wäre Leben darin. Im Winter war der schönste Platz der Winkel zwischen Wand und Ofen, den die Großeltern «Hölle» nannten.

Ich wusste damals nicht, dass dieses alte, wunderliche Häuschen ein «Umgebindehaus» war. Diese Bezeichnung lernte ich erst viel später kennen, und noch viel später zog ich selbst in ein solches Haus ein.

Abgesang

Er war einmal der Stolz eines ganzen Ortes, denn er war groß und stattlich, vornehm und gastfreundlich, und hatte weit über die Grenzen seines Ortes hinaus einen guten Ruf.

Er war der erste bedeutende Gasthof dieses kleinen Städtchens an der Spree, das sich Neusalza nannte, und erblickte 1826 das Licht der Welt, nachdem das alte Haus mitsamt Fleischerei abgerissen worden war.

Fast zweihundert Jahre sind seitdem vergangen, ein weiter Weg vom Gestern zum Jetzt, vom Aufstieg zum Niedergang. Ein Weg über die blühenden Wachstumsjahre der Gründerzeit hinweg zur Kaiserzeit und den Goldenen Zwanzigern bis schließlich hin zu jener Zeit, da ich Kind war und der Tuchatsch, der sich damals «Fremdenhof am Niedermarkt!» nannte, eine noble Gaststätte war, die sogar über Garagen, eine Kegelbahn, eine Pferdeausspanne und eine Anzahl von Fremdenzimmern verfügte. Erst in den Nachkriegsjahren schwächelte sie, war aber immer noch eine beachtliche Größe im örtlichen Gefüge, wo schon im Herbst fünfundvierzig wieder Tanzveranstaltungen stattfanden und Familienfeste gefeiert wurden.

Auch ich feierte drei Jahre nach Kriegsende mit meinen Schulkameraden in jenem Saal, den der Neusalzaer Fabrikbesitzer Leberecht Hünlich in seinen Memoiren als «große Stube» bezeichnet hatte, unseren Schulabgang. In meiner Erinnerung aber ist es ein Saal von beachtlicher Größe mit einer Bühne und einer Galerie ringsherum. Wahrscheinlich war er mit zunehmendem Wohlstand seines Besitzers in späteren Jahren erweitert und ausgebaut worden. In meiner Kindheit und auch danach noch fanden in diesem großen Saal oft Veranstaltungen verschiedenster Art und Beschaffenheit statt.

So war es einmal ein Glasbläser, der uns Schulkindern seine Künste auf anschauliche Weise vorführte und anschließend kleine gläserne Gebilde, Rehe, Katzen, Blumensträußchen verteilte. Ein andermal war es ein Puppenspieler, der uns mit seinen Possen in Entzücken versetzte, oder ein Zauberkünstler, der uns nicht nur durch seine Magie fesselte, sondern mehr noch durch sein nach jedem gelungenen Trick triumphierend herausgestoßenes «Schnippeldebong» und «Bongfurzionös». Wortschöpfungen, die uns bis dahin fremd waren und die wir seither bei jeder passenden Gelegenheit benutzten.

Dieser Zauberkünstler verstand sich auch auf Hypnose, holte sich Zuschauer auf die Bühne und versetzte sie in Trance. Es war ausgerechnet unser Klassenlehrer, der als Einziger nach der Hypnose die gefalteten Hände nicht mehr auseinanderbekam und mithilfe seiner Frau verzweifelt versuchte, sich aus dem Bann zu befreien. Doch erst der Zauberkünstler erlöste ihn aus der peinlichen Lage, nachdem er ausgiebig den Erfolg seiner Darbietung genossen hatte.

Den Zauberkünstler hätte ich längst vergessen, wenn nicht dieser genierliche Vorfall gewesen wäre, der noch lange in unserem Ort Stammtischgespräch war und uns Kinder zu Experimenten ähnlicher Art anregte. Auch den Glasbläser und den Puppenspieler hätte ich vergessen, aber auch sie gruben sich mit Erinnerungen besonderer Art in mein Gedächtnis ein.

So holte der Glasbläser gerade mich zum Vorführen auf die Bühne und ließ mich unter seiner Anleitung eine kleine langstielige Vase blasen, die ich lange Zeit wie eine

Kostbarkeit hütete, bis sie mir eines Tages bei einem unserer Umzüge entzweiging. Ich habe ihr lange nachgetrauert.

Die Erinnerung an den Puppenspieler ist anderer Art. Nicht die Vorstellung war es, die mich so nachhaltig beeindruckt hat, sondern die erstaunliche Tatsache, dass dieser wackere Mann eine Hucke von Kindern sein eigen nannte; man schätzte um die zwanzig an der Zahl.

Während der ganzen Vorstellung, die er gemeinsam mit seiner Frau darbot, war ich nur damit beschäftigt, die Kinder zu zählen, die hin und wieder zum Verdruss der Zuschauer über die Bühne wuselten und die Vorstellung störten. Dadurch bekam ich von dem Stück, das «Genoveva» hieß, überhaupt nichts mit und hätte wahrscheinlich auch vergessen, dass es im Tuchatsch einmal solche kinderfreundlichen Aufführungen gegeben hat, wäre nicht dieser zeugungsfreudige Puppenspieler gewesen. So ist das mit unseren Erinnerungen, sie brauchen immer diese kleinen Kuriositäten, die ein Ereignis unvergessen machen.

Auch die Tanzabende im Tuchatsch wären meinem Gedächtnis verloren gegangen, wenn es hier nicht diese Dunkeltouren gegeben hätte, von denen man unvermittelt während des Tanzes überrascht wurde und die für manche eine willkommene Gelegenheit zum Schmusen waren. Schon allein deswegen waren die Tanzabende im Tuchatsch immer gut besucht.

Dass hier in den Nachkriegsjahren, um grassierenden Seuchen und Epidemien Einhalt zu gebieten, sogar Reihenuntersuchungen und Schutzimpfungen stattfanden, wäre mir gewiss ebenfalls entfallen, doch meine grenzenlose Furcht vor diesen Impfungen verhinderte das. Es war nicht die Furcht vor den in der Regel harmlosen Einstichen in den Oberarm, es war eine ganz andere, lebensbedrohliche Furcht, die Furcht, auf diese Art umgebracht und beseitigt zu werden. Denn ein Gerücht ging um in unserem Ort, wahrscheinlich stammte es von meiner Nazitante Clara, das angsteinflößende und Panik machende Gerücht, die Russen, die diese Impfungen angewiesen hatten, würden uns, die wir den Krieg überlebt hatten, auf diese Weise ausmerzen wollen.

Ich weigerte mich, als die Reihe an mir war, die Strickjacke auszuziehen und den Arm freizumachen. Ich floh durch die Hintertüre hinaus in den Wirtschaftshof, wo die Gemeindeschwester mich einholte und zurück zur «Richtstätte» führte. Seither galt ich als Zimperling und Jammerlappen unter meinesgleichen. Doch nie hätte ich den wahren Grund meines Verhaltens preisgegeben. Es dauerte eine ganze Zeit, bis es mir gelang, mein Ansehen unter meinen Mitschülern durch Mutproben jeglicher Art wiederherzustellen. Auch diese Erinnerung gehört dazu, wenn ich an den Tuchatsch denke, den es seit Kurzem nicht mehr gibt. Denn heute, als ich wieder einmal durch meinen Heimatort ging, gähnte vor mir ein erschreckend leeres Loch, dort, wo einst der Tuchatsch gestanden hatte, und ein Stich fuhr mir durchs Herz, als ich dieses herausgerissene Stück Leben sah, dieses getreue Abbild der Ortsgeschichte über zwei Jahrhunderte hinweg, das nun ausgelöscht ist.

Und wieder einmal hörte ich meine Großmutter sagen, woas willste denne, doas is dr Loof dr Walt.

Ja, der «Lauf der Welt» hat vieles verändert, zerstört und neu entstehen lassen, besser gemacht und schlechter gemacht, zugrunde gerichtet und wieder instand gesetzt. So ist das Leben, so ist die Zeit. Diese unvermeidbaren, aber auch vermeidbaren Niedergänge und Verluste! Wie viele davon habe ich schon betrauert und beweint. Die verwahrlosten Bahnhöfe meiner Kindheit, die Tanzgaststätten, die Ausflugslokale, die liebenswerten kleinen Grünzeugläden – und nun auch den Tuchatsch. Er war einmal der Stolz eines ganzen Ortes …

Vu Abern-Rießler bis Zimmerlobl

Ein Mundartstück von Emil Hölzel aus Sohland beginnt mit folgendem Dialog: «Guten Tag, Herr Nachbar, bitte sagen Sie mir doch, wo hier ein Bauer Rößler wohnt.» – «O jemersch, Rießler, Hölzel, Richter hoan mer vill a Sohland. Die hoan oalle an Zunamen, doass mer weeß, warsch is.»

Ja, so ist das in Sohland und in den meisten Orten der Oberlausitz: die Rößlers, Hölzels, Richters und alle, deren Nachnamen es mehrmals gibt im Ort, haben einen Zunamen, sinnvolles Hilfsmittel, um sie alle voneinander zu unterscheiden.

In Taubenheim beherrschen die Wagners den Ort. Gleich zwei davon wohnen in der Straße, in die wir gezogen sind, die «Tischerliebs» und die «Einnehmers», in Ortsdeutsch «Einahmersch» genannt, ein Zuname, mit dem wir zunächst nichts anzufangen wussten, bis uns ein Alteingesessener erklärte, dass vorzeiten, als Taubenheim noch Grenzort zu Österreich-Ungarn war, hier in dem stattlichen Vierseithof Zollgebühren entrichtet werden mussten, die der Hofbesitzer, Wagners Gottlieb, ein ehrenhafter und angesehener Bürger des Ortes, ab 1812 gewissenhaft einnahm.

Obwohl seitdem viel Zeit verstrichen ist, lebt dieser Name bis zum heutigen Tage im Ort weiter und wird nicht nur von den Einheimischen, sondern auch von den Zugezogenen in gleicher Weise benutzt, wenn von Gottlieb

Wagners Nachfahren die Rede ist, die immer noch den alten Vierseithof bewohnen. Auch wir schlossen uns davon nicht aus und sprechen seither nur von «Einahmersch», vermeiden es aber, sie damit anzusprechen, obwohl sie ihren Beinamen kennen.

Von den Nachfahren der «Tischerliebs» hingegen erfuhren wir gleich am ersten Tage, dass einer aus ihrer Wagnerdynastie Gottlieb geheißen und im Hause eine Tischlerwerkstatt hatte. Obwohl hier schon längst nicht mehr getischlert wird, wissen die meisten im Orte noch, wer gemeint ist, wenn von «Tischlerliebs» die Rede ist. Denn in unserer Gegend werden nicht nur Häuser und Hausrat weitervererbt, sondern ebenso die Spitznamen der Verstorbenen und mitunter auch der Nachbarschaftsstreit, der Generationen überdauern kann.

Vererbt wurde auch der Beiname meiner Urgroßeltern in Sohland, die Opitz hießen und «Burn-Opitzens» genannt wurden, wie ich auf der Suche nach dem Haus, in dem sie gelebt und meine Großmutter aufgezogen hatten, erfuhr.

Wie is denne dr Beinoame?, fragte mich der freundliche Sohlander, den ich auf dem Wege zu meinen Wurzeln angesprochen hatte. Hilfloses Schulterzucken meinerseits. Von einem Beinamen hatte Großmutter nie gesprochen.

Aber es war ein Zwetschgenbaum vor dem Hause und ein Bächel daneben, erklärte ich, dort hat meine Großmutter als Kind gern gespielt.

Bächel gibt's ville a Sohland, wurde ich belehrt, amende fällt Ihnen no woas Bessersch ei.

Es war ein Umgebindehaus, sagte ich enttäuscht und wusste schon die Antwort, bevor sie kam.

Imgebindehäusl gibt's ville a Sohland, do misst mer schunn wissen, wu. An Tännchte, an Pilzdörfl, a dr Scheednbaach, a Allerschdurf oder hinterm Hubberche?

Hier im Mitteldorf, sagte ich froh und schöpfte noch einmal Hoffnung. Und ein Bächel war vorm Hause, wiederholte ich, eine Quelle oder ein Born, wie meine Großmutter es nannte. So was kann doch nicht einfach verschwinden.

Über das Gesicht des Mannes glitt ein erhellendes Lächeln. Burn-Opitzens, rief er freudig aus. Warum hoan Se doas denn ne glei gesoit! Er wies auf ein Haus ganz in der Nähe.

Und da stand es, das Haus, in dem meine Großmutter ihre Kindheit verlebt hatte, das Haus, in dem meine Urgroßmutter zur Welt gekommen war, und auch schon deren Mutter, eine geborene Hölzel, ein in dieser Gegend ebenfalls häufiger Name, der ohne Beinamen nicht auskommt.

Aber a Imgebindehaus isses ne, sagte der Mann und verabschiedete sich.

Nein, es war nicht mehr das alte Umgebindehaus, das ich aus den Erzählungen meiner Großmutter kannte, es war ein neues, fremdes Haus, bewohnt von fremden Leuten mit einem fremden Namen. Aber immer noch, ein ganzes Jahrhundert später, lebt der alte Name weiter, denn immer noch heißt es «bei Burn-Opitzens», wenn das Haus gemeint ist, vor dem früher ein Zwetschgenbaum stand und ein Born plätscherte, der jetzt aber von einem Holzhäusl umbaut ist.

Nun jedenfalls weiß ich, dass ich von «Burn-Opitzens» abstamme, wenn mich einer danach fragen sollte.

Und meine Großmutter, die als Ofensetzersfrau «Lehmziegels-Annl» genannt wurde, was sie jedoch nie erfuhr, wird in ihren Kindertagen «Burn-Opitzens Kleene» geheißen haben. Während dies aber ein Unterscheidungsname ist, hat meine Großmutter ihren späteren Beinamen durch den Beruf ihres Mannes erhalten.

Und so gibt es hier viele Beinamen, die auf einen Beruf, eine Wohngegend oder eine Eigenschaft des Namensträgers hinweisen und die ihrer Deftigkeit wegen auch Spitznamen genannt werden, wie beispielsweise «Löffelrichter», «Nasenwinkler», «Eselhofmann», «Klemmerclärchen», «Lederarsch» oder «Schielgucke», alles Namen, die ich noch aus der Kindheit kenne.

Die Beinamen «Berg-Loschke», «Schenkslieb», «Schmiedslobl», «Radl-Woiner» und «Bienen-Kretschmar» begegneten mir erst hier in Taubenheim. Und auf der Suche nach meiner Wehrsdorfer Verwandtschaft, die aus der Augstdynastie hervorgegangen ist, wurden mir die «Schwaarschlobl-Augsts», die «Schloof-Augsts», die «Zimmerlobl-Augsts» und die «Rentsch-Augsts» zur Auswahl gestellt. Ich entschied mich für die «Rentsch-Augsts» und hatte Glück damit, denn ich fand auf diese Weise meine mittlerweile unter anderen Familiennamen, in anderen Häusern lebenden Wehrsdorfer Cousinen wieder. Ein Dank den findigen Beinamengebern, den verstorbenen und den noch lebenden! Denn immer noch entstehen und wirken sie weiter, diese kuriosen, witzigen, längst zum Volksgut gewordenen Schöpfungen, von denen oftmals keiner mehr weiß, wie sie entstanden sind, die urplötzlich da sind, über Nacht geboren, manche als Eintagsfliege mit begrenzter Lebenszeit, manche als Dauerbrenner.

Die Geburt eines Spitznamens konnte ich in Taubenheim miterleben, als meine Berliner Verwandtschaft in die Oberdorfstraße einzog und mein Cousin von einem Tag zum anderen mit dem Spitznamen «Boulette» bedacht wurde. Kein Dauerbrenner wahrscheinlich, sondern eher eine Eintagsfliege, vom Namensträger schmunzelnd, mit dem viel gerühmten Berliner Humor zur Kenntnis genommen. An seine Nachkommen vererben wird er diesen

Namen wohl nicht, denn seine Kinder leben weit entfernt von hier.

Ebenfalls von nur kurzer Lebensdauer war der Spitzname «Schwungrad-Martl», dessen Trägerin auch hier in der Oberdorfstraße gelebt hat und die ich noch das Glück hatte kennenzulernen, denn sie war auf ihre Art eine Persönlichkeit, die man nicht so schnell vergisst. Lebhaft und quicklebendig, mit immer in Bewegung befindlichen Armen und einem schwunghaften Gang, so sehe ich sie über unsere Brücke kommen, stehen bleiben, ein paar Worte mit uns wechseln und beschwingt weitergehen. Ob sie ihren originellen Spitznamen, den sie ihrer Fortbewegungsart zu verdanken hatte, je erfuhr, vermag ich nicht zu sagen. Wahrscheinlich hätte es ihr nichts ausgemacht, denn sie war eine Frau mit Mutterwitz. Mit ihrem Tod starb auch der Beiname, und nur, wenn das Haus gemeint ist, in dem sie gewohnt hat, heißt es noch heute «das Haus vom Schwungrad-Martl», während das Haus, in dem wir nun schon seit über zwanzig Jahren leben, immer noch «das Haus vom Hesse-Annl» heißt.

Vielleicht aber haben auch wir schon längst einen Beinamen und wissen es nur nicht. Wie immer er auch lauten möge, mir wäre er lieb und teuer und ein willkommener Nachweis der unerschöpflichen Fantasie meiner Taubenheimer und aller Oberlausitzer Beinamenerfinder von «Abern-Rießler» bis «Zimmerlobl».

Annelies Schulz

Geboren 1934 in Oppach. Abitur in Bautzen, kurzes Studium der Rechtswissenschaft in Halle/Saale. 1955 Heirat und Geburt des Sohnes, erste literarische Arbeiten. 1962 Umzug nach Berlin, Geburt der Tochter. Studium am Literaturinstitut J. R. Becher in Leipzig. Arbeit als freiberufliche Schriftstellerin, vor allem für Funk und Fernsehen, etwa Drehbücher zu Fernsehfilmen mit Agnes Kraus. Seit 1990 wieder in der alten Heimat. Lebt in Taubenheim/Spree. Schrieb unter anderem die Romane «Anne» (1967), «Katzenmilchjahre» (1979), «Das Kindheitshaus» (2004) und «Abschied vom Kindheitshaus» (2012), das Kinderbuch «Geschichte vom faulen Wolkenzwerg» (1966), Fernsehspiele, Hörspiele und das Puppenspiel «Der Frosch und die Grasmücke» (1987–1989), das an fast allen Puppenbühnen der DDR aufgeführt wurde.

ISBN 978-3-936758-94-8

Lektorat: Karin Damaschke
Gestaltung und Schriftsatz: Annett Haak, Satzstudio Mittasch
Druck und Binden: Westermann Druck Zwickau GmbH
Printed in Germany